こころの座標軸

犬養道子

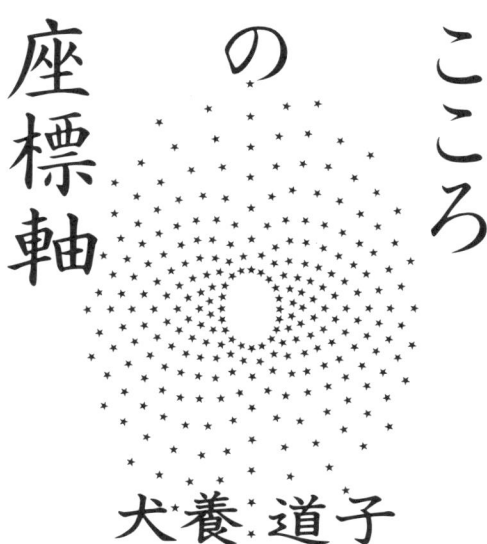

こころの座標軸

目次

カバーデザイン／江嶋　任
口絵写真（1・4頁）／セブンフォト

ラヴェンナ・ガッラ・プラチディア聖堂のモザイク（5世紀）

鳩は魂、水は癒しと平和の象徴。
永遠の生命の水で、魂が神の光に満
たされるよう……。

背後の山を越えて来たグルド難民の少女
（トルコ・イラク国境にて／1991年）

最もつらい水汲みは女性の仕事
（アフリカ・スーダン国境にて／1988年）

コソボ国境近くの難民キャンプで子どもたちと
（中央・筆者、マケドニア・ステンコヴィチ／1999年）

戒厳令下のポーランド・クラコフ（筆者画／1988年）

至る所に軍人や警官が立ち、スケッチブックもノートも開けず、ホテルのＷＣの小窓から描いたクラコフの大聖堂。故ヨハネ・パウロ２世は、ここの大司教だった。内にも外にも青年男女があふれ、「自由を！」と祈り、叫び続けていた。

ラヴェンナ・サンタポリナーレ・ヌオヴォ聖堂のモザイク（6世紀頃）

クラッセの港の光景。舟は教会を象徴する。
いま、世界の海、こころの海原へ——。

こころの座標軸

一本のロウソク

二〇〇三年は、アメリカのイラク攻撃や北朝鮮の核疑惑、中東で繰り返される暴力連鎖、日本国内でも有事法の成立や少年犯罪の増加など、多くの出来事が起こりました。また、一一月の総選挙では、平和憲法が問われながら、自衛隊のイラク派兵を推進する政権が維持されました。

しかし、二〇〇四年を迎えるいま、私が一番問題にしたいのは、時局についてではありません。時局というものは、実は人間が生きている限り、いつでも存在します。ネアンデルタール人や、シナントロプス（北京原人）の時代、政府などなかったはるか昔から、その時代に生きる人にとって、そこで起こることはみな時局の問題でした。

いま、情報の時代といわれる中で、私たちに必要なのは、人間にとって何が本当に大事なのか考えること。多くのことを知った気になるのではなく、むしろ自分の身辺をよく見ることではないでしょうか。それなくして、時局の問題の解決もあり得ないと思うのです。

自分を離れ、外に目を向ける

日本ではこの秋に、好きな相手と一緒に暮らしたくて、少年と少女が親を殺害するという、痛ましい事件が起こりました。少年犯罪とイラク問題とでは、一見、まったく異なるようですが、底の底ではつながっている。犯行に及んだ少年少女も、イラクのフセイン元大統領やアメリカのブッシュ大統領も、自分の世界しかない――いずれも、独りよがりです。自分の基準でしか、相手（親や他の子にせよ、他の国にせよ）を見られない。そこに、大きな危険があります。

私は若い人たちとよく付き合うのですが、「親にわかってもらえない」という方が多い。「何を?」と聞くと、「自分のことを」と言います。「じゃあ、あなた、そういう親をわかろうとしたことがある?」と聞くと、大概は黙ってしまいます。親もまた、親の基準で、子どものことをわかったつもりになっている。いまの世の中は、「つもり」の世界なのですね。そして、その「つもり」からはみ出し、自分の思うようにいかないと、何でも他人のせいにする。

イラクが悪いといっても、サダム・フセインだけがイラクではありません。逆に、アメリカが悪いといっても、二億八〇〇〇万人のどの部分を指してアメリカというのか。私たちには、知らないことがたくさんあります。だから、「わかってもらえない」ではなく、「自分には知らないこと、わからないことがある」という現実から出発するといい。

新しい年に、日本は何をすべきか。私はまず、大人も子どもも、一日の間に五分でも一〇分でも、自分を離れて、外にあるものや他の人に目を向けるといいと思います。すると、いつもは自分が中心と思っていても、どれほど他のものや人に依存しているかがわかる。例えば、私たちは空気は吸えて当たり前、水は飲めて当たり前と思っていますが、その当たり前というものを、見直してみたいと思うのです。

極限の中で

私はこの二〇年余り、世界の紛争地や難民キャンプなどを訪ね歩いていますが、そうした極限状態の中に行くと、水や塩など、あって当たり前のものが、いかに貴重かわかります。

スーダンだったと思いますが、あるとき見渡す限りの砂漠で、ひどく弱ってしまったことがありました。水だけではなく、塩が足りなかったのです。砂漠地帯に行くときに、私は飛行機の機内食についている塩の小袋を、周りの方からもいただいて、ポケットに入れていきます。一袋たった二グラムの塩ですが、砂漠で袋を開けたら、はるか彼方にいたラクダの群が猛烈な勢いで駆け寄って来ました。私たちにはほとんどわからない塩の匂いを、ラクダは敏感に嗅ぎつけたのです。地域の長老は、「この辺りでは、塩二グラムは、二四カラットの金二グラムと取引される」と言っていました。水となると、もっと高い。

そういうところで、人間は何を必要とするのか。私たちは、援助というときに、水は考えても、塩まで思いつかないのではないでしょうか。日本ではどんな貧しい場所に行っても、水はあるし、おにぎりには塩がついている。では、誰が水を引き、誰が海水から塩を採ることを始めたのかと考えると、われわれは大変な恩恵の結果だけをもらって生きていることに気づくでしょう。

分かち合うということ

難民キャンプには、テレビも新聞もありません。きょうどうやって水を手に入れるかで精一杯。明日のことは明日のことで、神様にお任せするしかない。それなのに、人々は分けるということを知っています。

ソ連の戦車に追われて、パキスタンと国境を接するヒンズークシ山脈の麓に逃げてきたアフガニスタン難民が、酷寒の中でやっと薪を集めて火をおこして淹《い》れた貴重なお茶を、私にくれる。しかも「来てくれて、ありがとう」と言うのです。

あるキャンプでは、私は一番弱っている人たちに食事をつくる部署に配属されました。スイス人、アメリカ人、フランス人と私の四人で、初めは三〇〇〇人、その晩には七〇〇〇人、翌日は一万五〇〇〇人の食事をつくりました。どのくらいの材料が届くのか、何人来るのかわかりませんし、衰弱している人は固形物を受け付けないということもあって、食事はスープのようなものになります。

ひとりで立っていられない人はボランティアが支えて、長い行列ができました。一番ひどい状態の人たちですから、多少カロリーの高いものが優先的に与えられるので、体力のある人たちの列からは見えないように、カーテンで仕切ってある。朝の六時から、薪の上にドラム缶を鍋にしておき、煮炊きをしました。みんな何日も食べていませんから、匂いだけでよだれが出てくるような状態なのに、順番が来ると、自分より弱っている人を先に、と周りを見る。私にはとてもできないと思いました。極限の中で、人間としての原点が見えます。

希望の灯

そういうところで、何が人間を人心地に戻すかというと、ひとつは泣いたとき、もうひとつは笑ったときです。そのとき、立ち直る希望が生まれてくる。どうしたら、涙が出たり、笑ったりするかいうと、まことに小さなことで、第一は人とふれあったときと、第二は対等だと感じたときです。

アメリカからボランティアで来たおばあさんが、難民の子どもたちに、自分が食事に使ったお皿は消毒液と水でちゃんと洗うことを教えていました。言葉が通じないから、まずやってみせます。子どもたちも真似して、できるとうれしくなる。哀れみを受けて食事を恵まれたのではなく、自分が食事をして、片付けもした――対等に扱われたことで、まるで一本のマッチを擦ったように、ぱっとこころに灯がともりました。その晩、寄宿舎に帰った私は、戦時中の灯火管制下で、マッチを擦ることが禁じられていたのを思い出しました。ぱっと火がともると、上空から、そこに人がいることがわかる。

どんな小さな炎でも、火は必ず広がります。南フランスにあるカトリックの聖地のルルドに行ったときに、私はそれを実感しました。ルルドでは毎晩八時に、聖母マリア像へと向かう行列ができます。最初、一本のロウソクを誰かがつける。するとたちまち、丘があり川があり、はるか遠くまで延びた谷間の一帯に灯がともり、こんなに人がいたのかと驚くほど空が明るくなりました。たった一本の小さなロウソクでも、その灯が集まれば、世界は明るくなるのです。

あなたのロウソクはどこに

私は毎年、海外に行きますが、心臓にペースメーカーを入れているので、身体障害者のマークをつけます。すると、パリの真ん中のアイシャドウの濃いお嬢さんでも、貧しい国の少年でも、バスのドアを押さえて待っていてくれたり、「アフター・ユー」と道をゆずってくれる。それが、成田空港に降りたとたんになくなります。ドアを開けて後の人を待っても、一分もかからないでしょう。ところが、エレベーターに乗っても、後から人が来るかどうか見もしません。周りを見ないで、自分のことしか考えないから、驚きもない。驚きがなければ、さらに自分の中に閉じこもっていきます。自分以外の世界を見ようとしないから、誰かを傷つけたり、殺したらどうなるかまで考えないわけです。

私は、この閉塞した社会状況から脱する鍵は、驚くことにあると思います。驚かず、感謝もせず、何でも当然と思っていたら、日本は戦争に参加する以前に、道を失うでしょう。子どもが驚くためには、まず大人が驚かなければなりません。

最近は、何でもマニュアル化していますが、マニュアルは現実の多様な問題を解決する役には立ちません。少しばかりケガをしてもいいから、子どもには自分で何か見つけさせる。虫の好きな子は時を忘れて観察するでしょうし、落ち葉を集めて絵に描く子もいるでしょう。日々の生活の中には必ず発見があり、本当に驚いたときには、子どもでも大人でもそれを誰かに伝えたくなったり、さらに深く考えたり、止まってはいられなくなるはずです。

子どもが転んだら学校の責任とか、そこに石を置いた人の責任などというのは、とんでもないことです。擦り傷だらけになりながら、痛みも覚えていくのです。人を傷つけたり、銃で撃たれたら痛いということだって、そういう中でわかるようになる。つまらないことのようですが、つまらないことの中に大事なことがあります。

二〇〇四年は、日本のこころある家庭が、みんなびっくりするといい。周りをよく見たら、必ず驚くことがあるはずです。そして、自分がその立場だったらと考える。そこまでいったときに、戦争に対しても、ある程度の抑止力が働いてくるのだと思います。

自分は一人だけで生きているのではない、人間は一人では生きられないと気づき、当たり前のことをありがたいと感じたときに、灯がともる。自分だけがおいしい水を飲むのではなく、「あなたにも」というふうに目が開けてきたら、世界は少し良くなっていくのではないでしょうか。

一人ひとりの一本のロウソクが、どうしたらともるか。どこにロウソクがあるか、神様からせっかく授かった感性を使って、どうぞ自分で探してみて下さい。火はやがて壁をも破り、松明《たいまつ》となって、私たちの行く手を照らしてくれるでしょう。

(二〇〇四年一月号)

人間の座標軸——コモンセンス

常識とコモンセンス

いまから三〇年ほど前に、ある有名な方が「常識という言葉は、あまりにもつまらないことをイメージさせるから、今後は良識とする」とおっしゃいました。私はちょっとおかしいと思って、「では、良識とは何ですか」とうかがうと、詰まってしまわれました。

常識は英語で「コモンセンス（common sense）」、フランス語だと「ボンサンス（bon sens）」といいます。その方は恐らく、フランス語の「ボン」を「良い」と直訳されたのでしょう。後につく「サンス」は、ラテン語の「センスス（sensus）」から来ていて、知識や理屈ではなく、感じとることを意味します。コモンとは、共にということです。英国の歴史には、羊や牛を飼う牧草地や、そこで使う鋤などの道具が共有だった時代があります。それが「コモン」と呼ばれ、共に羊などを育て合う中で、コミュニティーができていきました。

常識というと、「総理大臣の発言は常識の域を越えていない」とか、「あの人はいつも常識的なことしか言わない」とか、概してつまらないことという意味で使われがちですが、コモンセンスはそれとは違います。人は不思議なことに、教えられなくても、誰でも共通して知っていることがあるのですね。言葉でも理屈でも、知識で分析して知っているのでもなく、感じて知っている。それがコモンセンスです。人間は決して、脳と神経と細胞の働きだけで成り立っているのではない、と私は思います。

人を殺してはいけない

私の母はごく普通の主婦ですが、『婦人之友』の読者でした。その母に、私はとても感謝していることがあります。四歳ぐらいのある日、玄関から茶の間に駆け込んで、思いきり柱にぶつかった。おでこはたちまち赤く腫れ上がり、その痛かったこと。私は柱を蹴ったり、たたいたりしました。すると母が、「みっちゃん、柱も痛かったね」と言ったのです。「走って来たのはみっちゃんで、柱じゃないでしょ。柱をいい子いい子して、仲直りしましょう」と。その時のしぐさまで、今でもはっきり覚えています。こちらが痛いということは、あちらも痛い――「お互いに」ということを教えてくれた。非常にありがたいことでした。

私たちはいま、ある意味で恐ろしい、痛い世の中に生きています。大量破壊兵器があるかどうか、疑わしきを罰する。そして、それを上回る破壊兵器を持ち込む。日本人も出かけて行きました。一方、新聞を見れば、幼い子どもに煙草の火を押し付けて虐待したり、足蹴にして殺す親がいる。そういう時代に、私たちはどう処していけばいいのでしょう。それには、いまお話しした「自分が痛いときは相手も痛い」というような、人間にとってごく普通のことを考えるのが大切だと私は思います。

それがコモンセンス、殺してはいけない、盗んではいけない、嘘をついてはいけない。が三つの柱。この三つを核とした十の教えと呼ばれるものなのです。キリスト教では「神の十戒」といい、仏教では「仏の教え」に含みこませています。アフリカのアニミズムであっても、イスラム教（穏健派）であっても同じです。私はフランスやスイスの住まいでは、イスラムの方たちにお手伝いをお願いしていましたが、本当にこころ優しく、他人のことを思いやる人たちでした。いま宗教対立のような形をとってニュースの表面に上ってくるのは、イスラム教でもキリスト教でもなく、イデオロギーです。宗教的なものは政治に一番利用しやすい、そこに宗教の持つ危うさがあります。しかし、本当の宗教はコモンセンスに通じるのです。コモンセンスがあるから、アフリカの奥地に行っても、バルカン半島のコソボなど毎日のように紛争が起こっている所に行っても、私は必ず友だちを見つけることができるのです。

神は、天地創造を人間に任された。天地創造というのは、聖書に書いてあるように七日間ですんでしまったものではない。「いま」なのです。神によっていま創られている人間のこころの奥底には、人を殺してはいけない、ということが厳然としてあるのです。

包囲のサラエボで——人を許す勇気

いま世界はさまざまな紛争によって、毎日のように多くの難民を生み出しています。ところで、難民に決して聞いてはいけないのは、どこを通ってきたかという問いです。答えようとすると、一切の思い出が甦る。一緒に逃げた友だちが倒れ、手を合わせながらその指をナイフで切って、しゃぶって血を飲んで逃げた……といったことだってあるのです。ベトナムのボートピープルもそうでした。ベトナム戦争にあれほど反対した日本人も、ボートピープルが日本に着いたときには冷たかった。イデオロギーがからみつくと、私たちは見るべきことが見えなくなり、するべきこともわからなくなるのですね。

ここで出てくるのがコモンセンスです。相手が誰であっても、痛いものは痛い、辛いものは辛い。いま自分が痛くないなら、痛い人をできるだけ助ける。どう助けるかは、その人を見て、自分にできることを見つければいいのです。いまここで人が何を欲しているか、自分がその人に対して何ができるのかを見なければ、難民地に行っても何もできません。

私たちはいま、悪循環の世の中に生きています。何かが起こる、それに報復する、その報復にまた怒る……この連鎖を断ち切ることは、私たちのきょう、ここから始まります。憎しみ、報復、恨みを断つには、まず最初に許しのこころを願い求めることです。許すというのは、戦争をして相手を傷つけ、殺すということの、百倍も千倍も勇気がいる。「許す勇気をください」と、祈り続けなくてはできません。そして、恨みつらみの中に溺れてしまわずに、これまでのことよりも、いまから一緒に何ができるかを考えることです。

一九九二年、ユーゴスラビア内戦の最中のサラエボは、セルビア勢力に四方を包囲され、ネズミ一匹入れないような状態でした。入れるのは空からだけで、ヘルメットと防弾チョッキをつけて、国連の援助機関の輸送機に乗せていただき、ようやく病院を訪ねました。昼食はスプーン二杯のヨーグルト。薬もなく横たわっていた若い女性が、同性だからと胸を開いて見せてくれました。あらゆるところにつけられた煙草の火の痕、三〇人ぐらいから強姦されたそうです。弱りきっていたのですが、手を取って目をじっと見ると、「私は、許しのこころをください、と神様に祈っています」と言いました。

六〇億が住む人の世の、新聞にも載らない、テレビも映さない、誰の目にも触れない一隅で、彼女は悪循環を断ち切ったのです。自分がされたようなことを、他の人にさせたくない、と彼女は決心したのです。本当に小さなこころの中のことであっても、とにかく切った。その時の目のきれいだったこと……。難民キャンプや被災地に行って、私は実に多くのことを学びます。

私がスイスで大腸癌の手術を受けたとき、大手術だったので看護婦が八人ついたのですが、七人が難民出身でした。小船で東シナ海を漂ううちに、若い母親が抱いていた赤ん坊が高波にさらわれ、鮫の口に呑まれた。母親は狂い、廃人になってしまった……。そんなことを目の当りしてきたから、誰かにひとつでも安らぎを与えられる人になりたいと、勉強してジュネーブの病院に入ったというベトナム人ナースもいました。採用した病院もえらい。

痛みを知っているから、本当に至れり尽くせりでした。そういう病院では、医療ミスなど起こりません。殺してはいけない、傷つけてはならない、痛ませてはいけない、苦しませてはいけないという気持ちが、とても強く感じられました。

自分で考えて選ぶ力を

いつの頃からか日本では、子どもに残酷な話を聞かせてはならないという風潮が起こりましたね。私は小さいとき、寝物語に「舌切り雀」の話をしてもらい、「舌を切るのはどう？　噛んでごらん」と言われて、噛んでみたら痛かった。一晩中、舌を切られた雀のことを思って泣きました。

アンデルセンに「大きな悲しみ」という話があります。小さな子どもが一羽のカナリア持っていて、大事な友だちだったのに、死んでしまう。アンデルセンがそれを書いた時代も平穏ではありませんでした。戦争の中で、一羽のカナリアの死など取るに足りない。でも、その子にとっては、担いきれない悲しみだった。カナリアが動かなくなって、冷たくなったとき、子どもの胸は張り裂けました。もし自分がそういう立場にあったら、と考える。「フランダースの犬」にしても、「ヘンゼルとグレーテル」や「赤ずきん」などにしても、必ず悲しいところ、痛いところがあります。

それらを読んでいくことによって、四つや五つの子どもの心中にも、世の中には悲しいこと、痛いこと、辛いことがあるということが、なんとなく入る。童話やおとぎ話の意味はそこにある。そこで「柱も痛かったんだから、いい子いい子して」と言われれば、ものごころつく頃には、コモンセンスが働き出すのです。コモンセンスは、すべての人間のこころの中にあるのです。

盗んではならないという一語の中に、大人になるにしたがって、人の名誉も盗んではいけないということが入って来る。最近、とても気になるのは、事件の容疑者といわれる人をテレビでクローズアップして映すことです。その人の子どもや家族が、学校や職場や地域でどんな思いをするか、胸が痛みます。

私の祖父の犬養毅は、陸軍と海軍の軍人によって殺されました（編集部注・五・一五事件）。軍の指図で、卑しくも一国の総理大臣が官邸という公の場で殺されたにもかかわらず、新聞などの報道は翌日の夕刊から規制されました。そして一年後、「犬養は気の毒だったが、お国のためにと思った若い将校たちの純情と純真さを汲まなければならない」と、彼らは名前も伏せられたまま、驚くほど軽い刑に処せられたのです。その時から「犬養」という名前が、私ども家族の重荷になりました。「陛下の軍人に殺された」。のちには、「しかも、キリスト教だ」と、お米を売ってもらえないこともありました。

事実とは関わりなく世の中の流れで、「あの親は悪いことをした。じゃあ、あの子だって……」となってしまうようなときに働くのも、やはりコモンセンスです。DNAがどんなに強くても、環境がどれほど影響しようと、一人ひとり異なるところに人間のすばらしさがあります。旧約聖書の最初に登場するエピソードのひとつは、カインとアベルという双子の兄弟の物語です。同じ親を持ち、同じ環境に育ち、一人は弟を殺す。なぜ創世記の最初にその話を持ってきたのか——私はそこに、聖書執筆者の知恵を感じます。決して因果関係や、因縁ではない。人間はみんな、考えて選ぶ力を持っていると告げるために。許し生かすのも、憎んで殺すのも、選べるのだと。一人ひとりは自分で選ぶことができる。「人を殺してはいけない」「傷つけてはいけない」ということを、コモンセンスとして感じとり知っている。そして、自分で善も悪も選ぶことができる。

人を殺し、傷つけるのは、戦車や銃などの武器だけではありません。クローズアップで容疑者の顔を追うことも、その家族を殺していくことです。体力腕力のない私にだって、人を殺すことは可能なのです。しかし、どんなに憎い相手でも殺してはいけない、嘘を言ってはいけない、傷つけてはいけない。そのたしなみや躾けの一番元にあるのがコモンセンスだ、と私は思います。

違う一人ひとりが集まってこそ

共通《コモン》なものを持っているわれわれが、ひとつの理想を持って集まった時、コミュニティーができます。面白いのは、一人ひとりがみんな違わなければ、コミュニティーにならないことです。みんな違うからこそ、ひとつの理念を持った時にコミュニティーになって、お互いにコンプランドル《comprendre》する。フランス語のこの言葉が、私はとても好きです。プランドルとは、何かを手に持つ、こころに持つ、生き方の中に持つこと。コンプランドルは、お互いに理解し合う、一緒に何かの意味を持つ、お互いに分かち合う、ということです。

「コム《com》」や「コン《con》」のつく言葉を追っていくと、驚くべきことがわかってきます。例えば、カンバセーション《conversation》は、言葉を交わすという意味ですね。モノローグ（独白する）ではなく、ダイアローグ（対話する）だけでもない。日本人は比較的モノローグ人種で、特にいま家庭の中や、職場や社会で、カンバセーションが少ない。言葉を交わしあうことが小さいときから身についていれば、いまのような世の中にはならなかったと思います。電車に乗れば、みんな下を向いて携帯電話のメールに向かっているので、いくら私が胸に身体障害者のマークをつけていても気づきません。家庭で、「きょうは何したの？ 楽しかった？ お花は咲いていた？」「ぼくね、新しい友だちができたよ」といった会話が自然にできたら、人や物との関係も変わってくるでしょう。

共通の人間性《ヒューマニティー》を持った人々が、コミュニティーをつくって、言葉を交わす。それが毎日できていくときに、明日を築く《construction》ことができる、道をつけていくことができる、育てていくことができる、人と人とのコミュニケーションを取り戻さなくてはなりません。

きょう私が申し上げたのは、非常に小さなことです。しかし、その小さなことの中に、私自身は多くの教訓を学びましたから、それをみなさんと分かち合いたいと思いました。

世界を変えることも、非常に小さいことから始まります。世界を変えるのは、たいていの場合、無名のひとりの発明か、目立たない人の発した小さな声や行いです。誰も知らなかったマザーテレサがカルカッタの貧民窟に入った時、目に見えない世界が変わりました。人間の体を見ても、小さなところや弱いところが、大きな働きをするのです。世界を動かすような大きなことも、結局はコモンセンスから始まります。みんなでよいものを築き上げて《construction》いきましょう。

（二〇〇四年六月号）

３歳の頃の筆者と祖父・犬養毅氏。
（1924年・長野県富士見にて）

手術大好き

イスラム・アラブの医療具

ちょっとゆがんだ五角形のフランス国（面積約五六万平方キロ。日本は約三七万平方キロ）の、まん中にでんとひかえる中央山脈の南方を旅して、古い修道院や教会堂の地下室をたずねた旅人は時折見つけます――中世初期から中期にかけての外科や歯科の手術道具などを。全部、イスラム・アラブの発明・製作品です。六世紀から一五世紀まで、地中海沿いのフランス南部やスペイン各地を、風のように通りすぎて、とうとうスペインには一五世紀まで居すわってしまったイスラム・アラブです。

当時の彼らアラブ人の数学や医学を含める科学・哲学・文学等の水準の高さは、びっくりするほどのものでした。ヨーロッパのルネサンスを準備したのはイスラム・アラブだと言っても、過言ではありません。中部から南部フランスで、恭《うやうや》しく陳列してある中世の手術道具をはじめて見たとき、ほんとうにびっくりしてしまいました。麻酔薬も、たくさんの道具と一緒に陳列されていて、いくら古いと言われても、原理としては現代の手術道具や麻酔薬とほとんど同じだったのです。麻酔を使っての手術というものに私が大きな関心を抱くようになったのは、キリスト教の古い修道院などで見たイスラム・アラブの医療具というスタートのおかげです。

ちょっと横にそれますが、二〇世紀から二一世紀にかけて、イスラム・アラブとキリスト教徒とは対立しあったまま「どうにもならない」二つの宗教のように——その面だけが前に押し出されていますけれど、中世及び、その後のキリスト教に対して持ったイスラム・アラブの貢献はとても大きいのです。キリスト教の神学の、一つの大事なポイントである「存在論」と呼ばれるものを、ギリシア哲学（アリストテレス）の中に見つけ出して、キリスト教圏に紹介したのもイスラム・アラブだったのです。

では、どうして、ヨーロッパ・キリスト教圏のフランスの、昔の修道院にイスラム・アラブの医学の道具が残っているのでしょうか。それは中世を通して、多くの修道院がホスピツだったからです。

ホスピタル（病院）の単語はホスピツから出ています。中世のヨーロッパの人口の三分の一をなくしてしまったほどのペスト大流行時の病人や、日常どこにでもいたハンセン氏病者、あるいは行き倒れの人などを、ホスピタル・ホスピツとして修道院の多くは寝泊り（入院）させ、看護していました。看護とはホスピタリティと呼ばれて、それは「ひとさまをねんごろに扱う」ことを意味したのです。「入院」者の中には大怪我をしている者もいたでしょう。手術必要者もいたでしょう。修道院ホスピタルは、当然のこととして、イスラム・アラブの高度な医学を学んだのです。

十字軍時代が、そのようなイスラム・アラブからキリスト教徒が多くを学ぶ時代と重なりあっていることは、とても興味深いことではありませんか。歴史というものは、表だけ、目立つところだけを拾いあげても、実際のところはわからないものなのです。コンスタンチノープル（いまのイスタンブール）においてキリスト教徒がおこなったイスラム・アラブ人虐殺はたしかにひどいもので、キリスト教に泥をぬった事件ではあったけれど、その裏でキリスト教徒はイスラムのすばらしい学問・医学・数学に驚き入り、またイスラム美術からも多くを学びとっていました。その証拠のひとつは、私たちが毎日、何も考えずに使い続けているアラビア数字です。あるいは有名な古い教会堂（たとえばヴェズレー）の内部装飾、とりわけ円柱数十本から天井にかけての「アラブ式幾何学模様」の清々しさ。

手術好きは「当然の遺伝」

とにかく、私は南フランスや中部フランスの古い修道院などに保存されているイスラム・アラブの医学・医療の道具の数々を見ているうちに、はるかにも遠い日本国の医学・医療の歴史をざっと読んだり、杉田玄白や前野良沢などによって開かれた近代医学（蘭学）への道の歩みを、それまでよりも少し深く学んだりしました。

あるいは、私の母の実家が代々の長崎・大村藩の藩医だったからかもしれません。母の父親は長いドイツ留学ののち帰国して、いまの日比谷公園の近くに、日本初の胃腸病院を開きましたから、母は、いま考えればこっけいに思われるほど「医」に夢中で、あるときふと言ったことばは、「ママは（と彼女はいつも自分のことを呼んでいました）看護婦になりたかったのよ。だって、ひとさまに仕える一番の職だと思っていたし、いまも思っているから」。ですから、いまから六五年も前に私が盲腸を病み、手術となったとき、母は担当の先生（彼女の父の弟子だった方）にお願いをして許可をいただき、白衣を着て手術に立ち会い、眉ひとつ動かさずに娘のお腹にメスが入ってゆくのをじっと見ていたのです。

現今はやりのDNAを持ち出せば、彼女の娘である私が手術を受けたり、胃カメラや腸のポリープの内視鏡検査を受けたりするとき、また心不全のためのペースメーカー埋めこみ手術を受けたりするとき、大よろこびで、お願いをして大きなスクリーンに映し出されるプロセスを見せていただくことをのぞむのは、「当然の遺伝」となるかもしれません。(さすがに、大腸ガンの大手術のときは全身麻酔でしたから、見ることは出来ませんでした)

人の臓器はみな同じ!

でも、私のほんとうのよろこびと目的は、ちょっと違うところにあるのです。

胃カメラが入ってゆくとき、心臓にペースメーカーを埋めこむとき、まっさきに見えて来るのは臓器のオレンジがかったローズ色の美しさです。いじらしくなるほど着々と、一定のリズムで臓器たちがおこなっている働きのすばらしさです。

それらの臓器は当然のことながら、持ち主が(というと変な言い方ですが)白人であれ黒人であれ、南アフリカの西の方のすみっこに住むピグミーと一般が呼んでいる(「神様の前で遊ぶ小僧たち」とあるフランスの哲学者は呼びました)人であれ、黄色や褐色の肌の人々であれ、みな同じ!

私が感動したのは、この「みな同じ」という一点で、頭では知っていたけれど、理論で知るのと実物写真をカラーで見るのとは全くちがうのです。同じだから、臓器移植が出来るのです。同じだから、黒人の肝臓を白人が分けていただくことなども出来るのです。

この、一番大事なことのひとつを眼に見せてくれ、痛みとか吐き気とか次第に癒されてゆくよろこびとか、あるいは不幸にも癒されることなく衰えてゆくさみしさなどを実際に感じさせてくれる手術や検査を、私は「好き」なのです。本気で真剣に「死」と「生」とを考えさせてくれる手術台上を、私は好きなのです。好きと同時に、よい病院で、こんなにもねんごろなホスピタリティを近代医学の枠もろとも受けることの出来ない貧困や難民地の人々への「私の責任」も、しみじみと感じてしまうのです。神さま、ありがとう。神さま、いま癒していただく私に、いま出来ることをお示し下さい、と祈らずにはいられないのです。

一人ひとり違うこころの働き

しかし。ここまで書いて来てみると、もっともっと大事な一点が浮び上って来てしまいます。

それは——白人も黒人も黄色人種も、人間はみな、同じ臓器つまり実験・研究の対象になる「物体」を分けあっているにもかかわらず、一人ひとりの物の見方・考え方・感じ方は違う、という根本的な一点です。みな同じ臓器を持ちながら、六〇余億の人間の一人ひとりの物の感じ方は違う。私のように手術や検査をスクリーン上で見たいという人もいる。見たくないという人もいる。見て驚く人もいる。神さまの創造の御業《みわざ》のすばらしさに、おのずと讃美歌を口にする人もいる。ただの物体だと思ってスクリーンを眺める人もいる……全く同じ物を見ながら共有しながら、みなのこころの動きや物の見方や考え方は、みな違う。

もっとやさしい表現を使えば、精神とかこころとか呼ばれる領域で、人は一人ひとり違う動きと働きをする、ということになります。この、人間をほんとうに人間らしくする「こころ」が、もしも臓器、たとえば脳たとえば心臓と呼ばれるすばらしい物体と同じく物体であるとしたなら、当然の理屈として「万人同じ、同じ反応を示しだすこと」になってしまうのです。万人、みな同じに考え、同じ感じ方をすることになってしまうのです。胃や心臓の働きが万人同じであると同様に。

では、「こころ」とか「精神」とか、ひいては「祈り」のような動きと働きは、いったいどこから出て来るのでしょう。「こころ」は、ほんとうに「物体ではない」のでしょうか。私はみなさんと共に、こんなことを少しずつ考えてゆきたいと願っています。

それと同時に、手術というものをヨーロッパ人にはじめて具体的に知らせたイスラム・アラブの人々の子孫(遠い中国にもインドにも、医の道は古代から開かれていました)と、ヨーロッパその他の非イスラム圏の人々との善き交流が、イデオロギーという浅薄なものの大流行にもかかわらず、ほんとうの思想・文化・造形・文学・哲学その他を通してよみがえり新しくなることをも、神さまに祈らずにはいられないのです。イデオロギッシュな支配欲とテロ行為・それへの反発・復讐の悪循環を、どこで断ち切ったらよいかの知恵を、神が私たちに授けて下さるように。

(二〇〇四年七月号)

自分を愛す？

スーダンの灼けつく砂漠で

三六〇度。昇る最中の太陽の光のもとに、赤茶けた色彩で巨大な弧を描きながら、四方八方に伸びに伸びる地平線がはっきり眼に見えて来る。はるかな弧の上を一列に何かが動いてゆく。ラクダの大群。地球はたしかに丸いのだと人に気づかせるスーダンの、はてしない砂漠。ふと、ぽつんと細く黒っぽく立つ、たよりない高さ数メートルの金属製の何本かの線と、ちっぽけな浄化水槽が見えて来る。それらの下に、いくつかのちっぽけな小屋。

そのプレハブ小屋の中で、朝五時前に人は忙しくなります。車で走って走って六、七時間先、ほぼ三六万人収容のエリトリアの難民キャンプで、「ともかくみなを生かす」ために働く国連職員たち七、八名の小屋。なすべきことをこの時刻にしない限り、あしたの昼まで水を手にも口にも入れることは出来ません。一二、三人に満たない住人たちは、いくつものバケツを真剣にていねいに二つの蛇口の下におきます。これぞ一大事。小さくたよりない浄化水槽が、これまたたよりない自家発電装置のチューブと一緒になって、二、三秒に一滴のわりで、それぞれの小屋の「台所」や「バスルーム」(と一応名づけられるところ)に置かれた小貯水槽やバケツに水を送りこみ始めるのが、この時間だからです。したたり落ちる水滴のなんと小さなこと。

午後二時頃まで待ってやっと、大バケツ二、三杯分くらいの水とシャワー五分程度の貯水器を水滴で満たしてくれますが、そののちはもう落ちて来ません。浄化水槽だけでなく、自家発電機も働きを止めてしまいます。あとはアイロンと炊事の時間、つまり正午前後と夕方にちょっと働いてくれるだけ。こんなところで、アイロンかけ?

ほんの少々の水と強力な消毒液を使って洗った洗濯物は、干す間に人の眼がとらえることも出来ない小さな、しかしひとたび体内に入ったら何をするかわからない、危険な毒を持つ虫を呼びよせ、卵を産みつけさせる。それを最高温に熱したアイロンで殺さなかったら、人は確実にやられてゆくのです（ただし、太古以来、馴れている土地者は大丈夫です）。昼の外気四五度から五〇度にもなる砂漠と、砂漠を渡って来る砂嵐の日々、下着の加熱消毒こそ最優先。次に大事なのは靴下の底の部分。次がようやく台所のふきん二、三枚。焼け焦げの痕がつくほどしっかりと。ゆっくりと。それで、「おしまい」。

そんなところで私は、「自分を愛すること」が何であるかを学びました。愛さなければ、私たちの救援だけにたよって辛うじていのちを保っている、極限状態の人々のお役に立つことは全く出来ない。では、どうやって愛す？　まず健康を保つこと。パンツのアイロンかけを忘れないことによって。いちばん小さなペットボトル半分以下の水を、一日分の自分用に確保することによって。人はほぼ一〇日間、何も食べずに、弱りはてながらも生きることが出来ます。しかし、丸三日間、水を飲まなかったら、確実に死にます。

私が泊めていただいていた「国連職員用の小屋」は、難民高等弁務官事務所《UNHCR》付きの日本人O氏のものでした。小学一年生のお嬢さんを連れてご夫婦での赴任。夫人はふだんはお子さんの学校のために首都ハルトゥーム在。週末には、七、八時間（道の状態によってはもっと）かかる危険にこと欠かない道を、労働機構《UNILO》や食糧農業機構《UNFAO》などの現地職員のための米、油、粒状にした麦粉や、すべてに増して重要なミネラルウォーター大瓶数本や、電池・ロウソクなどを持って来られるのが常でした。夜一時間だけ「各小屋」を冷やしてくれるクーラーの特別よくきく一室を、私のために空けて下さったご夫妻を忘れることは出来ません。

一夜、O氏の小屋で、ミチコ歓迎パーティーが催されました。ご馳走は夫人持参のトリ一羽をさばき、クスクスと呼ばれるイスラム・アラブの主食（「一番小さなパスタ」とフランスで販売のクスクスの箱には書かれている）と、二、三時間走った先の村で買ったクルジェット（ズッキーニ）と豆の煮込み。FAOのひとりで、難民＊52頁参照たちの食事づくり用にどんどん伐られてゆく木々のための苗床管理、いちばん大事な植樹に、砂漠の中を毎日走りまわって、「木は大きらい（虫が寄って来るためか）、したがって植樹をしに来るすべての人間を追い払うべし」という不思議な部族長たちをひたすら説き伏せ続ける労苦でやせ細ってしまった英国人Kは、「自分を力づけよろこばせ、勇気を新しく与えてくれる」愛用のギターを小宴の席に持って来ました。ああ、自分を愛すとはこんなことも含むのだと、目ざめる思いを味わって、彼が奏でるアイルランドや中近東の古い民謡をみなと一緒に歌いました。

キャンプ・チーフの単身赴任生活が長いアメリカ人Dは、みどり色の小さな蛙をポケットにしのばせてやって来ました。あるとき小さなオアシスのそばで見つけた蛙・ジャックは、彼の友だちだったのです。ジャックのためにオアシスのほとりで見つけたつる草を根ごと持ち帰って小屋の壁沿いに植え、貴重な水の二、三滴を必ず毎朝毎夕かけていたら、「数ヵ月で小屋の壁をおおいつくすほどになった。だから、すばらしいベランダをぼくたちは持っているんだよ。あしたの夕方、見に来て下さい」。ジャックとつる草は、Dの「楽しい、うれしいコミュニケーションの相手」となっていたのです。「彼らのおかげでぼくは、あのすさまじいキャンプの人たちに奉仕し続けることが出来るんだ」。

話しかける相手のいないひとりぼっちが、半年一年の間に人に「何をするか」を、私もその後の十数年を通して実感しました。

「自分を愛して初めて、人は他人をも愛することができる」

愛を説き、愛を生きられたイエスさまは、なんと深く人間というものを知っていらしたことでしょう！　人は、自分の体験以外のものごとを知らないのです。だから――

いま一番必要なことを

「自分を愛するように、他人を愛しなさい」

（マルコによる福音書一二章三一節、マタイによる福音書二二章三七～三九節）

イエスのこの教えは、「心をつくし精神をつくし思いをつくして神である主を愛しなさい」という最重要なおきてに続く第二のおきてですが、二つは互いを抱きあっている。

では、「自分を愛する」とはいったい何を意味するのでしょう。自分を好きになることかしら？　読者のみなさん、ほんとうにご自分をお好き？　私は決して好きとはいえません。でも、自分からはなれることは出来ないのです。愛することと好きであることは、だいぶちがう。日常生活の中で「自分を愛す」とは何なのかと、過去、何度も思ったものでした。その結果、愛することの出発点は「善かれと望み、気持ちと関係なく、いま自分が必要としていることを行うこと」ではないか、それをひとさまの範囲まで広げて応用してゆくのが愛なんだ、と思い至ったのでした。

たとえば、歯が痛い、眼が痛い。医者の予約をとったとします。都合が悪くても、イヤでもめんどうでも、出かけてゆくでしょう。ひどい雨や風でも、出かけてゆくではありませんか。それが「自分を愛すること」。私がこのことに気づいた頃、医者は今のような技術や機械や薬を十分には持たず、歯医者と聞いただけで小さな子どもは泣き出してしまうことも珍しくない時代でした。でも、歯が痛い痛いとべそをかく子をほんとに愛するなら、母親はむりにでもひっぱってつれてゆくでしょう。相手が他人、ひとさまのケースでも、同じです。早いうちに治療をしないとひどいことになると、忠告をくり返すのがほんとの親切です。いやがられても。医者を好きでなくとも、痛みの原因をとるという「いま一番必要なこと」をして下さる方だから、自分も行く、泣き叫ぶ子もつれて行く。

「一杯のスプーン」を他人《ひと》のために

ところで——「ただいま一〇億人以上」。だれが？　満足に食べられない人たちが。清潔な水を飲むことの出来ない人たちが。その中のほぼ七〇パーセントくらいは少年少女です。会ったこともない知らない人たちだから、「好きになる」ことは出来ません。けれど「このわたくしが、あるいはわたくしの子が、毎日食べられず飲めなかったら」とわが身に当てはめて、何か出来ることはないだろうかと、考えるに違いありません。愛はそこからスタートします。

一九六〇年代にベルギーのささやかな家庭からスタートして、小さな一本のロウソクの灯がやがて野も谷も光で埋めてしまう聖母の地・ルルドの夕べのように、たちまち隣のオランダにも、ドイツにも、フランスからイタリアにもひろがって行った運動は、「一杯のスプーン」と呼ばれました。毎日、スプーン一杯分の水や主食の食べものの値段と思われる小ゼニを、箱に入れてゆく。一円か五円、一〇円かもしれません。ベルギーその他の国々は、第二次世界大戦終了直後にあらわれた難民たちを放ってはおけない、もし私があの立場にあったならと、「一杯」をスタートさせたのでした。

　私の母は、その運動を知るとっくの前、つまり戦争直後に、応接室やリビングや台所に、「小ゼニ会用」と朱で書いた札をぶらさげた袋や小箱を吊していました。お客さまやお手伝いさん、友人、吊した本人や私や弟が、財布にたまった小ゼニを入れました。目的は、戦争で焼け出されたり、戦後満州や北支その他から帰国したけれど、高校や大学に入る費用などとんでもない、というような日本の若者たちのためでした。「もし、みっちゃんややっちゃん（私の弟）だったらと、ママは考えた」のだそうです。敗戦早々スタートした、ほとんど一円ばかりのこの「小ゼニ会」は、母が神さまのもとに帰った一九六六年までに、なんと、私が知るだけでも五、六人の青年の大学就学・卒業に役立ったのです。

「一杯のスプーン」運動のことを知ったとき私は、もう神さまのところに行っている母に向かって、「ママ、道子があとを続けるよ」と呼びかけたのでした。七九年にタイのカンボジア難民キャンプ内で構想が生まれ、一九八六年正式にスタートした、難民青年男女のための「犬養基金」＊52頁参照は、私の心の中では六六年に一歩を踏み出していたことになります。

信頼出来る飢餓地救援組織に送ればよいのですが、信頼出来るという意味は、その組織の経理が丼勘定でないこと。どこそこへ、いつ、いくら送ったか、送り先の使用目的、いつ使用したのかの明細を、少なくとも一年以内に報告して来ること。「どんな報告をして下さるのですか」と前もってたずねれば、大体の見当はつくはずです。幸いにもグループ組織となった犬養基金は、こんなに厳しい財政の今日なお、全国からお気持ちをいただき続けています。

ところで、「飢餓・難民地の食と水」援助というとき、お金がまっさきに使われるのは、給水用のトラックのガソリン代や運転手の日当やおべんとう代だったりする場合がとても多いのです。トラックのために貯金送金したんじゃないと、ほとんどの方はおっしゃる。でも、よく考えてみれば、水も食べものも、飢餓地や難民地までだれかに運んでもらわなければ、口に入らないことはわかって来る。（奨学金は別です。奨学金は全額、学費とスクール必要経費に使われます）

「一杯のスプーン」が野火のように、ヨーロッパ一帯にひろまったころ、フランスに住んでいた私が驚かされたのは、「食（水を必ず、いやまっさきに）援助」と、「食べものや水を苦難の極にある人、とりわけ子どもたちの口に直接入れてあげること」との大きな違いを、たくさんのヨーロッパ人が知っていたことでした。知っていたから、こつこつと貯えた「一杯分のお金」がトラックに使われても当然と考えるし、水源地から難民キャンプまで（ほとんどの場合、百キロなどはましな方。二十一世紀はじめにスーダン・チャド国境をさまよい続けていた難民二〇万人のところまで、水や食糧が運ばれるルートは四、五百キロ以上）、道とは呼べない悪路を行ってくれる土地を知り尽くした運転手の給料に使われても、あるいは現場国連職員用のプレハブや自家発電用に使われても、「ああ、よかった」とよろこべるのです。

つまり食援助とは、実は想像を絶する大へんなことであって、南部アフリカのキャンプ内で一、二回、その大仕事のいくばくかを手伝ったとき、私は一日の終わりに疲労のあまり脳貧血を起こしそうになりながら、水・食の援助ひとすじの人々の尊さに心打たれて、涙したのでした。あらゆる国籍の人々からなる彼らは、非常事態にそなえて、いつもあらゆる土地（飢餓や難民の立ちあらわれる前に、またはそんなことはあるまいと思われる場所も含めて）、とりわけアフリカ・中近東・東南アジアの水源地の場所や地下水量をしらべ、水質も点検すると同時に、水を運べるトラックとガソリンがどのくらい、その地（国）にいつもあるかも把握しておくのです。

食は、世界のコーンベルトと呼ばれるアメリカのカンサス州などで、今年はどのくらいのコーンが余るか、去年の残りはなどを、ていねいにモニターすることからスタート。一トンいくらか、カナダの方が安いだろうか、なども。

自分を愛するならば

そんなややこしい作業も、「ひとさまを愛する」「愛するから、一〇億人の中のせめて一億人だけでも食べさせ飲ませる」ためにぜったい必要なのです。また、「自分をほんとに愛しているなら」、必ず自分が「いま、そのような地に生きていたら、まっさきにしてほしいことは何だろうか」を考えないと、援助という大それたことは出来ないと、あの灼けつくようなスーダンや、そののち何度も行った南部アフリカの太陽のもとで、私はしみじみ悟りました。

愛するこころと好き（きらい）の感情が、はるかに遠いものであることも、理屈ではなく、行為を通してつよく教えてくれたのは、極限の状態におかれたカンボジアやベトナム、パキスタン、バルカン半島やアフリカ各地の無数の難民たちでした（私の一九八〇年代はアフリカ時代でした）。

愛らしく人なつっこい少女や、「ママ」とすがりついて来る幼児たちを、人は好きにならずにはいられません。何をしてあげてもそっぽを向く人たち(キャンプにもたくさんいます)を好きになれないのは、だれも同じでしょう。でも、そのような人たちも、好ましく感じられる子や人たちと全く同じに、水ナシでは三日目には必ず死ぬ、食ナシでは一〇日目にホロリと斃《たお》れる、「殺してはいけない」。「愛しなさい」。同じ配給。同じ手当て。好きになれない若者も、「学びたい、和を築く人になりたい」と言って来れば、好きな少女と全く同じ面接や口頭試験をして、基金奨学金対象者とする。一視同仁とは何と難しいかも、しみじみ味わいました。

私の人生学校には、地球上あちこちに増え続ける難民キャンプが大きく入りこんでいたのです。ありがとう、と心から言いたいあの人々。いまなお増えているリベリア、スーダン、コンゴ、チャド、ミャンマー等々の難民たち。ありがとう。

(二〇〇四年八月号)

＊この植樹は、一九七九年末に突然のソ連侵攻に追われてパキスタンに逃げ込んだアフガン第一次難民一五〇万余のために、私が始めた「みどり一本全国運動」を基としています。難民を苗床づくりのために雇い入れて、自立のための職を用意することも含まれました。友人間の小ゼニ貯蓄でスタートし、全国に呼びかけた「みどり一本」は、その後ＵＮＨＣＲに委託され、これまで総額四億円に達し、乾き切ってセラミック状態となってしまったスーダン各地の土の再生のために使われています。

＊「犬養道子基金」の活動は、代表の帰天に伴い、「難民支援協会（ＪＡＲ）」に引き継がれました。　ホームページ　www.refugee.or.jp

〒１６０−０００４　東京都新宿区四谷1−7−10　第三鹿倉ビル6階

ＴＥＬ　０３−５３７９−６００１　ＦＡＸ　０３−５３７９−６００２

寄付振込先■三菱東京ＵＦＪ銀行　四谷支店（普）０１０８４１９

口座名・特定非営利活動法人難民支援協会 犬養道子基金口

（※ＡＴＭでは難民支援協会までしか表示されません）

■郵便振替　００１４０−８−２６５６４２

加入者名　特定非営利活動法人　難民支援協会

遊びの癒し

遊びを忘れた社会

「われ、神のみまえに、ひねもす遊びてありき」（箴言八章三〇～三一節）「日々、〈主を楽しませる者となって〉たえず主の御前で楽を奏し……〈人の子らと共に〉楽しむ」（新共同訳）。

痛ましく恐ろしく惨《むご》いことの起り続ける日本のいま、いえ、世界のいま、どうして遊び楽しむことが出来るでしょうか。ガン末期の苦しみのただ中を通っておられる方や、わが子を殺されて悲嘆のどん底に落とされた方など、どうして「神のみまえに、ひねもす遊ぶ」ことが出来ましょうか。

いえ、出来ない、という方々が圧倒的と思われます。その理由は多分、遊び・楽しみの語の一面だけを見ていらっしゃるからではないかしら。いましがたとりあげた「遊び楽しめない」理由の一番目については、私はこう考えているのです。「遊びを忘れたから、痛ましいこと惨いことが、世界中で起こり続けるのだ」と。

そんなことはない、子どもたちには以前とはくらべものにならないほど、「遊ばせてもらえる」グループや施設や場所等々が提供されているではないか、とおっしゃる方は多いでしょう。身心に障害を持つ人々にも、めざましいほどの「遊び楽しむ」チャンスを、いまの日本はさし出しています。テレビをつければ（私はテレビ好きではないので、夕方七時のニュースを見るときに、いくつかのチャンネルにざっと眼を通すだけ。視界・視力に訴えない分だけ、ラジオの方が少なくともニュースに限っては、言葉が選んであるから、ずっとよくわかると思っています）、どこかのテレビ局がほとんど毎晩、世界のどこかの紛争地や難民地で、戦争が残してしまった荒廃にもかかわらず、いえ荒廃があるからこそ、粗末なボールでサッカーのまねごとを夢中でやったり、二人三人集まって一冊の絵本を楽しんでいたりする子たちを映し出します。

まず——荒れ果てた地や破れかかったテントの何万も続く難民キャンプに絞ってみま

しょう。そういうところで、私はしみじみと見たのです。おもちゃをたくさん持っている富国の子どもたちの想像も出来ないほどの楽しみよろこびを、「不幸で貧しい（と思われている）子ら」が知っていることを。たとえば、救援に馳せ参じた富国の人々が落として行ったペットボトルかアルミの空缶のひとつでも見つければ、どの子の眼もたちまち輝く。ボトルはたちまち「車」となって、蹴りさえすればどこへでも「走ってゆく」し、もうひとつボトルをさがし出して、蓋も見つければ、「二輪車」が出来る。どうやったら自在に動く「車輪」になるか、どうやってボトルにうまくつけられるか、みんなの知恵と工夫が動員されて「会議」がはじまる。丸一日も二日もかけて、ああでもない、こうでもない……やっと出来た！　手を叩く、笑う、走り出して救援隊の人たちをつれて来て自慢する……。

空缶は叩けば太鼓になる。「楽器」になる。土ぼこりのもうもうと立つ忙しいキャンプの中を、みんなで眼を皿にしてさがし歩いて、一本の手ごろな枝でも見つければバンザイ。指で叩くより、木の枝で叩く方が音がよい、じゃあ、もっと大きな太い枝で叩いたら？　あら、音がちがうよ。じゃあ「音楽会」。女の子たちにとっては、木の枝は人形に見たてることも出来ます。人間本来の、ほんとの遊びのひとつを、私はタイ国内のカンボジア難民キャンプで、ヒンドゥークシュ山脈ふもとの見渡す限りテントの第一次アフガン難民キャンプで、バルカン半島内のコソボ難民キャンプなどで、見つけ出しました。

いま、ほんとの遊びと書きました。人間本来の、とも書きました。人間に神が与えられた本質本性の中には、冒頭に記した箴言の句のように、遊び楽しむ力がちゃんとそなえられているのです。遊び楽しむとき、人は――大人も子どもも――何かしらを創造する。創造主《つくりぬし》は私たちをご自身の似姿としてつくり「創造者たち」にして下さったのですから。

しかしこの天与の創造力は、大人より子どもの方に、とくに何も持っていない貧しい土地の子どもの方に、より強く生きていると私は確信するようになりました。「かわいそうにおもちゃを持たない、おもちゃを知らない難民キャンプの子どもたちに、おもちゃを」という人に度々出会いました。その度に私は答えました、「いいえ、彼らにつくらせる方がずっと親切だ」と。素材を見つけて、創造して、遊ぶ。遊ぶから、再びみたび創造する。

人間だけに与えられた遊びごころ

ヨーハン・ホイジンガと言う名のオランダ生まれの歴史学者（一八七二～一九四五）がいました。温厚誠実なクリスチャンであり、それゆえにナチに目をつけられて収容所に入れられてしまったこともある彼の、『中世の黄昏』（堀米博士訳によれば『中世の秋』）は二〇世紀に書かれた多くの歴史書の中で、いまも輝き続ける名著といわれていますが、私の考えでは、一九三八年に執筆された『ホモ・ルーデンス（人間・遊ぶ者、もしくは遊ぶ者・人間）』こそ一大名著です。一九三三年に、学長講演としてオランダのライデン大学で行なった「文化における遊び」の中で、温和でいかなる人間のいかなる文明にも暖かいまなざしを投げかけ続けたこの学者は、大著『ホモ・ルーデンス』のいわば序曲をまずは「楽しみつつ」学生たちに向かって言葉に託して奏でたのです。

遊ぶ者・人間？　いいえ、犬だって猫だって熊やライオンだって、じゃれて遊ぶじゃありませんか、という声が聞こえて来ます。アフリカのケニア奥地で土地の古老から聞いた限りでは、象は年にいちどくらい、ふしぎな合図によって親類・縁者・友象《ぞう》（?・）が集まり、夜をこめて踊る、つまり遊ぶそうです。でも、動物はどれほど愛らしくじゃれても、どれほどおごそかに円をつくって踊っても、何ごとも創造はしないのです。カラスなどの鳥はねぐらを「創造」しますし、蟻や蜂のつくる巣の見事さにはびっくりさせられます。チンパンジーともなれば、数多くの動物誌や動物観察記がおどろきを以て記すように、工夫と呼んでまちがいのない行いをしたり、ルールを持つ集団生活をつくり出したりします。

でも紀元前からの各地、たとえばいまのイラクをすっぽり抱きこむ「文明はそこに生まれた」シュメール内の、バビロニア王国図書館（紀元前二千年くらいから、もう記録づくりをしていたのです）に残された文書や、中国の殷《いん》の古文書や、エジプトの史書などを見ても、サルやチンパンジーが楽器をつくり音楽を奏で、あるいは詩をつくり、演劇を創作したなどと記されてはいません。奏でるとか演劇とかの言葉に注意して頂きたい。共に英語でのPlay《プレイ》です。プレイは、遊ぶことをまっさきに意味する単語。人間の場合、遊ぶことは即、創作・創造。その創造の結果が、たったひとつのよろこびの笑いであろうとも。

難民地の極限の状態の中で発見したことなのですが、「生きよう」という意志が強く萌え出たときの一番確かなしるしは、笑いでした。かすかな微笑であったとしても、疲れ果てて悲しみ果てたあげくの無表情は一掃されてしまって、そのかわりに「生きる」切望に満たされたときの、人間の力強さがあらわれ出る。それは多くの場合、「あなたに出来ることは何？」の問いに答えて、「給食を手伝えます」とか、「働く力はないけれど、出会う人みなに〝こんにちは〟と言うことは出来る」とか、何かしらのヒューマン・コンタクトを「創造」するときです。仕事やあいさつは「遊び」となる。大人より子どもの場合の方が、もっと強く出ます。一本の枝であろうともおもちゃにして遊ぶとき、遊べるとき、笑いが、希望もろともたしかに生まれ出る。だから、安泰な国から立派で愛らしいおもちゃを持って行ってはいけない、と私はいつも言うのです。自分でおもちゃを創造するチャンスを、富国のおもちゃで壊してしまってはいけないから。

ホイジンガは『ホモ（人間）・ルーデンス（遊ぶ）』の大著の中で、人間だけに与えられている遊びのこころと遊びそのものは、「元来、無目的だ」ということを言っています。難民の子がペットボトルと蓋で大工夫して車を創造するという遊びをしたからと言って、配給のパンを余計にもらえるわけではありません。余計にもらえるかもしれないなどという考え自体、これっぽっちも念頭にありません。しかしホイジンガは、こうも書いているのです。「目的は持たなくても、人間の遊びには意味がある」と。

その通り。「創造したよろこび」という意味がある。この意味こそ、人間の遊びを「人間文化」の名にふさわしいものとするのです。遊びのないところに、人間文化は誕生しません。日本の誇る能も歌舞伎も遊びです。もちろんふつうの生活では、ただ遊んで創造しているだけでは生きてゆかれません。古今東西の別なく、作曲家、画家、建築家や劇作家など「遊んで創造する人々」は、金持ちのパトロンに雇われたり、王侯貴族の注文に応じたりして来ました。しかし、いくら注文によって創造すると言っても、創造の最中「いくらもらえる」とお金のことばかり考えていたでしょうか。ひとたび「創造を遊びはじめたとき」念頭にあるのは、創造ひとつだったに違いありません。

私だって、書く場を与えられた、読者を与えられたと言うよろこびがなければ書けない。つまり、大切な意味があるから、書くという創造を「遊ぶことが出来る」のです。

苦しみ悲しみの最中でも

ここで冒頭の、苦しみ悲しみの最中《さなか》にある方たちのケースに戻ってみましょう。理不尽この上ない事件によって、愛し愛されて来たわが子が殺された方や、末期ガンの苦につきまとわれ続ける方のケースなどなど。

そのようなどん底の悲苦を私は体験していませんが、裂かれたこころの痛みのあまり天も地も灰色になってしまった経験や、重症肺結核の血啖を伴う絶え間ない咳と高熱の日々、三五センチお腹を切られたガンの術後の叫び出したいほどの苦痛はいささか知っています。祖父が九名の若い軍人によって殺されたこともありましたし。

病苦やこころ裂かれた出来ごといくつかを通し、私がいつも思い出すのは、一九四五年アメリカの重症結核サナトリウムの主治医だったアメリカ人Ｈの言葉です。のちに知ったことですが、彼は当時のアメリカで、ナンバーワンといわれる結核専門医でした。アメリカ西部劇映画の主人公のように、うわべは荒っぽく言葉は乱暴、しかしこころはこの上なく暖かく、篤信のクリスチャンだったのです。その彼がある日、スラングをふんだんに使った英語で、私の火照る額に手をあてながら言ったひとこと「病もうと苦しもうと、あんたの人生であることに変わりはない。その人生を、ここであんたが創造するんだ。善く苦しめ」。ドクターは「自分は力を盡《つ》くして病を治そうとするが」とつけ加えたのですが、私は若かったから反発しました。でも、彼の目を見上げたとき、そこに限りないやさしさを感じとって、「善く苦しむ」とは何かを教えて下さい、とイエスさまに祈り続けました。二日、三日、七日……そして、少しわかった気がしました。

「善く苦しむ」とはまず、「なぜ自分だけがこんな業病に」などという自己憐憫《れんびん》に決しておちいらぬこと。病にも悲苦にも意味がある、理論では指摘出来ない意味があるのを信じること。愚痴を言わぬこと。痛い治療の痛さは認める。しかしがんばらず、リラックス出来る心と態度を神に求めて、感謝する……。

実際ドクターHは、がんばれ（に相当する英語）とか、忍耐しろとは、ひとことも言わなかった。ああ、この人はえらいと気づくまでには一〇日以上もかかりましたが、その間に私は、ゲッセマネで苦しみのたうつイエスが「苦しい、死ぬほど苦しい」と正直に神に叫ばれたことを思い出し、幼な子のようにイエスさまに正直にすがりつくことを習いました。イエスさまは迫ってきている十字架を「正直」に「イヤだ」と、神に訴えられたではありませんか。そうだ、私はいまゲッセマネにいるのだと悟ったとき、なんとふしぎにも私のこころは、それまでの暗さ重さから抜け出すことが出来ました。身は相変わらず苦しい。しかし、「苦しみ方にもいろいろあるんだ。善く苦しむとき、私は自分を明るくするという創造をしているんだ」と気づかされ、うれしくなりました。「善く苦しめ」とあの西部劇の荒くれ男ドクターHが言ったのは、「病気を遊べ」の意味だったのだとも。「だから読者のみなさんも」など言っているのでは、決してありません。各人は違う。各人のケースも違う。

しかし、なお。

人生の日々刻々、友人と会うようなときにさえ、「善く出会う」、「気むずかしく意地悪く出会う」等々の選択を（無意識に）私たちはしているのです。今夜のおかずだって「いいかげんに」「義務だから」つくるのと、「自分を含める家族のためにおいしくつくろう」とするのと、人は「選択」しているのです。それなら人生につきものの悲苦だって病苦だって、「善く苦しむ」「善く悲しむ」選択は、あってよいはずでしょう。善く苦しむとき、「病気を遊ぶ」ことも出来る――この一大事を、ドクターHは教えてくれたのです。私の生涯には五人の大恩人がいますが、Hはそのひとりです。

〝頑張る〟の反対〝柔軟〟と〝寛容〟

遊びの意味を、人間の精神・造型（その他すべての）文化の基礎としてとらえた人は、実はホイジンガや、箴言の執筆者だけではありません。イエスの御教《みおし》えに非常に近かったころのカトリック初代初期教会時代（プロテスタント諸教会はまだ生まれていませんでした）と、その初期の原型に立ち戻ろうとして教理まで変えた一九五二年のちのカトリック教会の人々（注・ヴァチカン第二公会議。プロテスタントも他宗教の人々も招き、マスメディアにも公開して行われた画期的な「対話のため」の公会議）は、大胆にしかし真実に、「世界全体は神の遊びであって意味に満ち足りている」ことを把《つか》みとり、それならわれわれ人間も「神の織りなす子供の遊びをひねもす遊ぶ」はずだと言い切ったのでした。

遊びとは、ではひとことにまとめたら何なのでしょう。こころの柔軟さ。寛容。明るさと優しさ。うれしさ。そしてすべてのプレイ（遊び）につきものの、「事象やものごとのルールを知って守る」こと。ペットボトルを二輪車に仕立てあげた難民キャンプの子たちは、工学ルールなどとははるかに遠い素朴なところに立ちながら、「車輪をどうつけるか」のルールを見つけ出して、そのルールを守った。ルールを思いついてくれた別の子が気に入らない子だったとしても、「寛容に、すなおに」その子の意見をとりいれた……だから「創造出来てよろこんだ」。

こう見て来ると遊び《プレイ》は、がんばる態度の正反対のこころを持たなければ、ほんものではないとわかって来ます。「がんばる」という日本人の（とくにスポーツマンたちの）大好きな単語は、漢字では頑張ると書きます。頑《かたく》なに張《は》りつめる！「敵」に「雪辱する」！「敵を負かす」！「敵」がメダルをオリンピック（ゲームですよ、プレイですよ）でとったら、「悔しさに涙を流す」かわりに、走りよって「おめでとう」と肩を叩くのがほんとの「遊びのこころ」「人間のすなおなこころ」でしょう（一時代前にはスポーツマンシップとよばれました）。

頑なに張りつめた精神は、病みほうけた現代を癒す方法を見つけ出して善い創造をつみ重ね悪に克つことは出来ないに違いない。寛容もゆるしも、H医師のように「力を盡して癒そうとする」真剣さも、「遊びごころ」のないところには生まれ出ない、と私は思っているのです。

（二〇〇四年九月号）

驚きと美の〝貧困地〟アフリカ

褐色の大地を行けば

外気四〇度以上。湿度二〇パーセント以下。パリパリと「音をたて」肌が灼かれてゆくのがわかるけれど、一休止のために止めた車（大型のランドローバー）の影に入れば、すっと冷える——場所はスーダン北西部の見はるかす限り「何もない」褐色の大地。

あるとき私は、そんな土地の一点に立っていました。アフリカ砂漠地帯を車で何日も旅したことのある人間には、道路と一応名づけられる「車専用のアスファルトベルト」の怖さは忘れられない。英国が一九世紀につくって、メンテナンスに必要な資材をたくさん土地者にのこし、アスファルトをよい状態に保っておく知識・技術を教えたはずなのですが、太古から遊牧の移動生活に慣れた人々は守るどころか資材だけはよろこんで受けとって、かんじんの整備修理の方は見向きもしなかったから、揺れるなどという状態を超して、大小のどえらく深い穴があちこちにあると思えば、「ここは危険」のしるしに「親切に」置きはなしてある枯木・枯枝の大きな束《たば》や、泥を大きく固めたそれこそ大危険の「要注意標識（?）」も方々にある。

暗くなったら、車を止めて野宿するのが（それは、夜と共に出て来るサソリやマムシの危険を当然伴います）「最安全」。暁と共にまた走り出すのですが、ガソリンも「自給・持参」で、陽が昇るにつれガソリンを入れた瓶も熱くなって来ます。一番恐ろしいのが、その瓶の熱のための破裂です。だから、時どき止まって、車の影だけがひやりと冷たい「クーラー地点」の、のっぺらぼうの褐色の大地の上で、ひと息つくありさま。どれほどに先を急いでいても、ときどき三〇分位は休止しないと、まずドライバーが疲れのためにやられてしまう。だから外に出て、全員が車の影を「めぐみの涼地」としてほっとする。貴重なひととき。

のっぺらぼうと書きましたが、数十人の遊牧民の群とラクダ数十頭と、六つか七つのテントはその日、向こうに見えていました。黒いヴェールで全身を包んだひとりの女性がどうやら、薪を使って煮炊きをはじめるようす。

急に人恋しく、話しかけて（むろん言語は通じないけれど）みたい気持と、何をするのか見たい好奇心に駆られて、私はせっかくの「クーラー」をはなれて彼女の方に走ってゆきました。このような地での服装は、外気より体温の方が低いから、木綿かウールの長袖長パンツ、帽子の上からはヴェールをしっかり。ヴェールは時折、思い出したかのようにおそいかかって天地をおおってしまう砂嵐を防ぐ、唯一・最高の必需品。眼だけ出してすっぽりかぶれば、鼻も口も（肺ものども）守ってくれるから。忘れてならないのは、イヤリング。アクセサリーではなくて、ちゃんとした「部族」に所属し、「保証人」もちゃんと持っている大事なしるしですから。

必需品はイヤリングと言語

ちょっと道草。私がいつも、日本でもどこでも、ネックレスやブローチは忘れても、決して忘れずイヤリングだけはつける癖をほとんど習性にしてしまったのは、いちど、ザンビア・アンゴラ国境の国境警察本部（と言ったって、生木《なま》を五、六本立てて枯葉や枯枝を上にのせ、屋根がわりにした小屋だったのですが）に、数時間留められて尋問、また尋問の苦い体験があるからです。アフリカ・東南アジアに行きはじめたころの、体験不足のときでした。

そういう地で、子どもは誕生後まもなく、人生最初のおごそかな儀式として、両親あるいは正式な親代わり（部族長）の手によって、両耳たぶにピアスをほどこしてもらいます。子の属する部族特有の色と材質――たとえばエチオピア銀の玉など――のイヤリングが、そこにはめこまれる。それによってこそ、その子は「どこのだれでもない馬の骨」でなくなり、立派な部族員の仲間入りをすることが出来るのです。つまりは「身分証明（書）」。

さて。警察本部長は、私が本部に出頭したときから、他に二人いた武装警官と一緒に、じっと私の耳のあたりを見つめはじめたのです。私はザンビア赤十字（アラブでは新赤月社）のご厚意でさまざまな難民地行物資の積み荷のすき間に乗っていたのですが、すべての国のすべての難民地行きのときと同じく、国連発行の通過証、難民キャンプ入りの正式書類（またはプレスカード）を本人出頭でキャンプ入り口に近いところの、難民流入国・軍警察にまず届け出なければならない。乗っている車が仮にＣＤ（外交官用・治外法権）のものであっても、赤十字のものであっても、乗っている人間が外交官や正式赤十字職員でないときは、届け出をきちんとしておかない限り、あとでえらい目に遭ってしまいます。

ついでにひとこと、またもや道草。

本人出頭のとき、身を守る最大の「武器」は言語と、二〇余年の体験ののち、しみじみ知りました。部族全体で二千数百、互いには理解し得ないというようなアフリカ大陸は、植民地時代の遺産（つまり言語）によって、実は大きなメリットをもらっていたのです。人間の世の中、悪百パーセントというものごとは（憎悪と無関心の二つをのぞいて）そうそうあるものではないと、アフリカ奥地一〇年歴が私に教えてくれました。英国が宗主であった東アフリカ南部では圧倒的に英語。南アフリカではオランダ語ものこっていますが、若いときオランダの「クリスチャン・トレーニングセンター」に三年もいたことがあるので、まだ完全に忘れるところに到着していません。幸いにも。

西アフリカはフランス語、アンゴラやモザンビークはポルトガル語（必死になって付焼刃で何とかごまかせる程度を身につけました）。エリトリア・エチオピアではイタリア語がいまだに幅をきかせているけれど、ラテン語を母として最初に生まれ出た長女ですから、戦時中、防空壕の中で一生懸命学んだラテン語が、思わぬ場所・難民地で大役を果たしてくれました。植民地主義・帝国主義自体は悪だったけれど、となりあう部族同士が違う部族語ゆえに意志が通じあわないという状態を、宗主国言語を普及させたことによって、「通じあえる」ようにしたことになります。この一点を押さえることはとても大事。どこの植民地だったかによって、英・仏・伊・ポルトガル・独と使い分ければＯＫなのです。

とどのつまり、難民たちに仕えようとして難民地に出かけるためには、善意だけではぜったいにダメ。言語能力こそ大事。しかもさまざまのアクセントで（日本人の一般の外国語能力など霞んでしまう）スピードと論理で話を展開させる能力を、驚くばかり身につけている人の多いアフリカ・その他（たとえばパキスタン。ドイツ語もかなり入っているアフガニスタン。イラン、パレスチナ等々）で、「いま一万、数時間後には七千人、子どもを含める難民流入」などとごったがえすさなか「すぐに配給品支給班を受けもって下さい」など言われても、聞き返すひまはない。「その班はどこ？　目じるしは？」打って響かなければダメなのです。言語を学ぶ能力と並んで必要なのは「臨機応変」。班に走る途中で血を流す怪我人を見つけたら、自分のブラウスをひき裂いてでも応急の包帯で血止めをするくらいの手っ取り早さ。ついでに、血（時としては弾丸）を怖がらない勇気。

となると、多くのキャンプで体験したひとつが、五〇歳、六〇歳、つまり人生体験を積んだボランティアこそ、キャンプ主任がよろこぶこと。体力は若者ほどにはない。どの国の人にせよ、長く生きて来た老齢に近い人々は、マニュアル人種ではないからです。「臨機応変」とは、マニュアルナシでその時その時に応じられる能力を指すのです。私が最初に入った一九七九年ごろのカンボジアキャンプには、第二次世界大戦時代やその直後の極度の乏しさを熟知している世代のヨーロッパ人が圧倒的に多かった。飲み水がなかろうと二日間食べものがなかろうと、へこたれない。

窮地を救った食卓写真

元に戻りましょう。国境警察本部がだいぶ長い間荷物などもしらべたあげく、「なぜ、ピアスしていない?」、びっくりしました。日本人には考えられない質問です。「部族のしるしをなぜつけていない?」とも。やっと事情がのみこめましたが、日本国の習慣など持ち出しても堂々めぐりとわかったから、パスポートをとり出して「これがしるし」。フン、と署長は鼻を鳴らして「こんなもんは」と言いざま、驚いたことに、警察署本部の小屋の中にもうろうろしている数頭の山羊に向けて、いのちから二番目に大切な「ニッポン部族の証明書・パスポート」をポイと投げてしまった。山羊の一頭が飛びついて、口にくわえてしまった。仰天した私は、若い警官が立ちふさがるのを押しのけて、山羊をつかまえ、口から「ニッポン部族の証明書」をもぎ取りました。これを食べられてしまったら(幸いにも、日本国パスポートは破くことの出来ないプラスティックカバー製でしたけれど)、ニッポン部族の土地にも、当時住んでいたスイス・フランス国境線上の自宅にも戻れない！ところが、この思いもよらぬハプニングのおかげで私は、パスポートの中に何気なく入れっぱなしていた、弟一家と私との食卓での一枚のスナップ写真のことを思い出したのです。「これだ」とばかり署長に見せて「これが私の部族、私の家族」。フンと署長は他の警官たちと一緒につくづくとゆっくりと（悠久の時間を生きるアフリカ奥地の人々は決して急ぎません。警察小屋の外で待っている新赤月社のドライバーや職員も、われわれをせきたてもしなければ、いらいらもしない。古めかしいキセルでタバコなど吸って、もはや二時間近い尋問の間、楽しみながら休んでいました）眺めてから、弟を指さして、「これがおまえの保護者か」。アフリカの奥地や厳律イスラム国家では、保護者（男性）付き添いでない（ピアスさえしていない）女性は、決してひとりで旅をしてはいけない規則になっているからです。女権？　そんなものは山羊がとっくの昔に「食べてしまった」。

ああ助かったと大よろこびで、「そうです」。「この人はいま、どこにいる？」「遠い遠いところ。東の方」と答えたら、なんとそれが正解だったらしいのです。急に態度を変えて、いかめしくなくなった署長以下全員は「部族の名は？」と聞きました。とっさに思いついて私は「ニッポニーヌ」。「どこが本拠かな？」「東の方。遠い遠いところ」。「よろしい、わかった」と全員にっこり。ああ助かった！　首尾よく解放され、お墨つきの「キャンプ入り証明書」を受けとることが出来ました。それだけではない、「ニッポニーヌ族・保護者有」とわかったのち、署長も警察も、恭しく立ち上がり、「アラー（神）の御加護があるように」と天に向けて両手をさしのべ祈ってから、慇懃に送り出してくれたのです。私も応じて両手を天に向けてさしのべ、キリストの祝福を心中深く乞いました。ああ、祈る人たちだったんだな。

鈴の音に導かれて

「それはそれでよいけれど」と、読者のみなさんはお思いになっていらっしゃるに違いありません。「砂漠の真ん中の天幕のそばに立って、薪を積んでいた遊牧民の女性はどこに行ってしまったの？」と。ごめんなさい、彼女に戻ります。まだ、ちゃんとそこにいてくれますから。

　緋色に燃え立つ砂漠は意外に歩きにくいもので、走っても少々時がかかりました。でも、時がかかったのがよかったのです。近づくにつれ、ニッポニーヌ族の夏の風情の風鈴に似た涼しい音が、弱くなったり強くなったりしながら流れて来るのに気づきましたから。気のせいかと一瞬思ったけれど、チロリン、チロリン。たしかにチロリン。清々しい涼やかな……でも、どこから?

連れている羊の毛を織ってつくったに違いない黒い長衣にすらりとした身を包んだ女性は、あるかなしかの風——熱い風——にもゆれる黒いヴェールを片手でおさえながら、近づいて来るニッポニーヌの私を、片手を大きくひろげて、頬にも大きな笑みをたたえて迎えてくれました。チロリン、チロリン。まるで旧友を迎えるように、あたたかく、こころを開けひろげて。よく来た、よく来た、と言いたげに。チロリン、チロリン。音はたしかに彼女の身から、衣の裾の方からと気がついたのは、彼女の手を私がしっかり両手で握ったときでした。なんとふしぎなこと! 音に誘われて裾を見おろして、私は驚きのあまり、声も出せず、立ちつくしてしまいました。裾のはしからはしまで、直径五ミリくらいの、こまかいもようを彫り込んだ無数の銀の鈴が縫いつけられていたのです! ちょっとした動作にも、澄み切った音をたてる鈴の群。チロリン、チロリン。

うるわしさ。優雅さ。

見とれて時間のたつのも忘れる私の耳に、もひとつ別の音律のチロリンが聞こえて来たと思ったら、彼女の娘とおぼしい少女が、これまた銀の鈴の黒スカートを身につけて近づいて来て、天幕の奥に私をつれて行ってくれました。そのとき私は、最初の女性と少女とが耳にも、上衣の胸にも鈴と同じ銀の飾りをつけているのに気づきました。民芸家・美術エッセイストの柳宗玄さんは『色彩との対話(岩波書店)』という深みをたたえるエッセイ集の中で、黒と銀のとりあわせの見事さを書いていらっしゃいますが、たしかに。金では強すぎる。真珠やサンゴではヤボになる。黒という格を持つ色には銀こそぴったり。果てしない朱褐色の砂の上で、思いもよらず見出したこの美、この品格。

導かれて入った天幕の奥には、二つ目の驚きが待っていました。その涼しさ、冷やっこさ。遊牧民の太古からの知恵と体験が生み出した、羊皮張りの「住まい」の「天然クーラー」。皮は熱を遮断してくれると悟りました。しかもその涼しさの中に、もひとつの驚きも待っていたのです。床に置かれた銀の盆の上に、銀製の小さなカップを満たして、見知らぬ旅人へのねぎらいのアラブ・コーヒー。何十年もの知人友人であるかのようにやさしく肩を抱いて、七彩九彩のキリールと多分呼ばれる敷物の上に座らせて、二人の銀の女性は朝から一滴も飲みものにありついていなかった私をもてなしてくれたのです。眼をみはらせるばかりのこまかい職人芸の銀細工への感嘆がやっとおさまった私は、いまさらに見つめた二人の顔立ちに、再びみたび驚かされました。「高貴」と呼んでもよい彫りの深さ。大きなトビ色の眼。肌は褐色。ふと頭の中で、何かが動きました。「エチオピア系かエリトリアか。銀を身につけているこの人たちの顔立ちなら」と。エチオピアからエリトリア附近にかけての地方は(男も含めて)世界最高の美人の産地。ほとんど神秘的といってよい美しさ。その上に銀の産地。

……もう待てないよ、出発だよと言わんばかりにランドローバーのクラクションが、さすがにしびれが切れたと何度も響いて、私を古代(旧約聖書時代)の気品高い美の世界から現代機械文明の世界に連れ戻すまで、私は美しすぎる雰囲気ともったいないほどの温情に包まれていたのです……

警察の小屋と山羊。パスポート。そして銀の鈴。探検家リヴィングストンの日記ではないけれど、アフリカには人を惹きつけてやまない何かしらが、いまもなおあるように思われる。難民だけが、紛争地だけが、「アフリカ」ではない。「貧困」とは、ほんとの富とは、いったい何なのか……そんなこともしみじみと考えさせてくれるアフリカ。

(二〇〇四年一〇月号)

南部アフリカのスワジランドで、モザンビーク難民の子どもたちと。
小さな仮の学校をつくった。(1986年・UNHCR撮影)

アフリカの祈り

アフリカのことばかり書きますが、今月は私たちがおそらく忘れてしまっている、あるいは考えてもみなかった大事なことを、アフリカの教会で教えられた体験について。

場所はザンビア国。巨大なアフリカ大陸のほぼまん中を一文字に切る赤道線から、約一三〇〇キロ南へ下った所にある共和国です。七七万平方キロばかりの国土の南端には、名高いヴィクトリアの滝があり、ザンベジ大河も滔々《とうとう》と流れる。この辺りこそは一八五〇年代に、名高い英国の探検家——と言うより、むしろアフリカ人を愛したミッショナリイ——が、ザンベジの流れの早さと、至る所に生み出されているすさまじい小さな滝と滝壺に阻まれて北上するのに大苦労した所。リヴィングストンという名の町がいまも残されています。土の色はザンベジのほとり、特に南方では、あっと驚くほど強烈《ショッキング》な濃ピンクを帯びて、水のめぐみが生み育てた叢《くさむら》の、これまた鮮やかすぎる緑と共に、旅する者の眼を見張らせ、記憶の奥深くに一葉の絵をきざみつけます。

一九六〇年までは英国が保護領としていた国土ゆえ、公用語は英語です。一九六〇年の独立後、内政は一応うまく動いていたのが、北方コンゴ・ブルンジ、ルワンダ・西隣のアンゴラが、さらに南東の〝一軒おいた向う隣のモザンビーク〟が、内戦内紛・難民大流出地となった一九八〇年末から二〇〇四年の今日まで、大量難民受入れ地としての困難極まりない道を歩まざるを得なくなりました。

日曜の礼拝はたっぷり三時間

私がザンビアに二度もかなり長く行ったのは、北方マヘバや南方各所に、アンゴラやモザンビークなどから逃げて来ていた難民少年少女対象のささやかなサービスをするためでした。滞在地点は転々としましたが、あるとき首都ルサカで日曜日を迎えることとなり、幸いにも見つけ出した教会のミサ時間をしらべて、宿泊していたホテルに前夜のうちにタクシーをたのんでおきました。

翌朝の八時半ごろ、それほどポンコツでない一台がホテルの玄関に横づけとなり、大よろこびで乗りこみました。運転手は肌のまっくろな、正真正銘の〝ブラック・アフリカ人〟でした（大陸北方のマグレブ地帯やエチオピアはブラックではない。〝ブラック・アフリカ〟の呼称は差別語ではない）。ベンバ族の人だったかも。「どこへ？　お客さん」。ドアを開けてくれた彼は、一眼で善良な人とわかり、私はとても安心したのです（ある土地で、タクシーゆえのこわい目にあっていましたから）。「カトリック教会」と言ったとたん、彼は喜色満面。「ああ、あなたのおかげで、わたしも教会の礼拝に行かれますよ。ありがたい、ありがたい」。走り出す間にもつづけて、「わたしは長老派ですが、日曜日の朝のお客さんで、教会に行けと言う人は少ないので、なかなか行けないのです」。ふと、あることがひらめいて聞きました。「あなたの教会は、カトリック教会より近い所にあるの？」「いいえ、ちょっと先です。でも」と私の問いの意味（実はけしからぬ意味）をまだ知らない彼は、「少しもかまいません。カトリック教会におつれして、私も教会に行って、礼拝がすんだらまたお迎えに来ますから。幸い、式の開始時間は同じだから。待ち時間の費用のご心配はいりません。何しろうれしいのです」

ああ、善い人にめぐり会ったとよろこびながらも、〝けしからぬ考え〟のひとつを口にしました。「あなたの行く教会の礼拝も三時間くらいかかるの？（長老派の方が近くて、三時間などというとんでもない時間のかからない礼拝であったなら、鞍替《くら》えしよう）」。でも――なぜ三時間？　それこそ、この稿のテーマです。ザンビア以前に行ったあちこちでの〝アフリカのミサ〟の長さ（プラスさまざま）に疲労困憊その極に達した体験から、けしからぬ鞍替えを考えついたのですが、同時に、カトリック・プロテスタント諸教会間の合同運動と対話（日本では残念ながら、このよろこばしい運動や対話は〝まだまだ〟です）の時代にとっくの昔に入った今日、神さまは、けしからぬとは決してお思いにならない、むしろよろこんで下さるとの思いもあったのはたしかです。

ところが善人丸出しの運転手は、郊外のみごとな木々多い美しい叢の中を走りながら、なんと！

「もちろんですよ！　三時間よりも少し長いかね。だってお客さん、週にたった一回、みんなで集って、神さまに感謝して、讃美の心をささげるんですから、三時間くらいは当りまえですよ！　カトリックも長老派もありゃしません。神さまが三時間も私たちの祈りを聞いて下さるなんて、ありがたいことですよ」

恥じ入るばかりでした。叢と疎林が急にひらけたところに、意外に大きな、しかも楚々と美しい木造の建物が見えて来ると、彼は「三時間半くらいたったら、必ずここに迎えに来ますからね。みんながあなたをお茶などに招いたりするにちがいないが、ことわって必ずここにいるんですよ。じゃあね」と言ったと思ったら、行ってしまいました。

聖堂を揺るがす太鼓とアレルヤ

ひんやりと涼しい教会堂の中に入ったとたん、超満員の中の数人がいちはやく私をみつけて近よって、ウェルカム、ウェルカム、どこのお国？　ジャパン……さあ大変、大声で「ジャパンからの信者だよ、席を開けなさい」！　全員総立ちとなって老人も若者も男も女も口々に「ここへいらっしゃい」「こっちへ」。祭壇すぐそばの上席に坐らされた直後、ひとりの青年が祭壇に上り、合図をすると思う間に、ミサ前の大合唱がはじまりました。伴奏（いえ、主奏？）はアフリカ独特の、黒や赤の紐の飾りをつけた大太鼓、中太鼓、小太鼓。ドンドンドンドン。鳴りひびく音を縫って、何と呼ぶのか、太い幹を短く切って中をくりぬき、いくつもの鈴をぶらさげた楽器がいくつもいくつも多勢の〝合唱隊〟の手ににぎられて、それぞれちがう音量と音《ね》でチャラチャラチャラチャラチャラ。合唱隊以外の人間の声は老いも若きも、天与の音楽の民・ブラック・アフリカ人らしく、たちまちに四部六部に分れて合唱隊を支え、「主を讃えよう、アーメン、アレルヤ」、チャラチャラドンドン。腕を高くあげては振り、手を叩き足を踏み鳴らし、からだをゆすり……アレルヤだけで（けしからぬ私は数えていたのです）三六回！

三六回目の声がすぅと尾を曳くと同時に、司式司祭の入場です。あっと驚かされたのは、〝部族的〟ブカブカの白い祭服をつけたブラック司祭の頭が、みごとな豹の毛皮に包まれていたことです。しかも彼は踊りながら入って来たのです！ 会衆は大よろこび。太鼓と音は一層つよくひびき出して、聖堂を文字どおり揺るがせる。やっとのことで、ミサ典文第一番目が誦まれて、式がはじまるまでに（ひそかに見た腕時計によれば）もう三〇分もたっていました。主の日・日曜日の集会祈願や福音書朗読の間はさすがに静かでしたが、三〇分も続いた英語での説教──なかなかによい解釈・展開と私は感じましたが──の間には、二、三の手があがって、「ちょっと待った、私の解釈は」の声が方々から。すらりと背が高く、若く元気な司祭は人を惹きつける何かしらを身にも顔の表情にもまとう人でしたが、声を抑えもせず「そうか、じゃあ、あとでみんなでゆっくり話し合おう。私にも教えて下さい」。拍手と喚声、ドンドンチャラチャラ、アーメン、アーメン。もはやとっくに一時間半はすぎ、私は魅せられながらも（だいぶくたびれて）「だからヨーロッパ人のシスターたちの小さな修道院をさがして、ミサにゆけばよかった」など、またしてもけしからぬことを考えてしまいました。

大籠いっぱいの献げもの

くたびれが吹き飛ばされたのは、その時です。ミサの最重要部分の直前に、〝奉献〟という一部分が入るのですが、〝先進(?)〟〝文明国(?)〟での〝奉献〟が、献金袋か小さなバスケットを手から手にまわすのに、ここザンビア・ルサカでは大人の男ふたりが運びこんだのが、なんと日本の一昔前の行李ほどもある籠《かご》だったのです。その中に最初に入れられたのは、生きているニワトリ二羽。ケ、ケッコー、ケ、ケッコー。バスケットの中で鳴きはじめ、羽はバタバタ、羽毛は散って方々に飛び出す……次にはまだ動いている数匹の魚。とれたてとおぼしいバナナやカボチャやクルジェット(ズッキーニ)、野菜果物さまざま。バスケットは超一杯となり、べつのいくつもがまたまわされて来るありさま。アフリカ各地に行ってしきたりを一応知っていたくせに、ドル札二、三枚の献金しか考えていなかった私は、うろたえてしまった。

隣に坐っていた老人がつぎの当ったぼろぼろの袖の腕をのばして、一日分か二日分の食べものに違いない、羊の足を一本丸ごと〝奉献〟したとき、ふと思い出されたのが、マルコ福音書一二章のみことば。「イエスは（神殿の）賽銭箱の向かいに座って、群衆がそれに金を入れる様子を見ておられた。大勢の金持ちがたくさん入れていた。ところが、一人の貧しいやもめが来て、レプトン銅貨二枚を入れた（現代の日本での五円以下か）。イエスは、弟子たちを呼び寄せて言われた。『この貧しいやもめはだれよりもたくさん入れた。皆は有り余る中から入れたが、この人は、乏しい中から自分の持っている物をすべて、生活費を全部入れたからである。』」ザンビア国自体の（当時の為替レートでの）年間ひとり当りの収入は日本国の一万分の一、つまり三五〇ドル程度。羊やニワトリや野菜は、マルコ福音書が書くとおりの、〝一日か二日の生活費ぜんぶ〟に相当する……。

それなのに私はああ、と深く反省するひまもなく、なんと会衆全部が立ち上りました。屈強な若者数名が五つくらいの大バスケットを頭の上にのせてリズミカルに歩き出し、聖堂の外に出てゆくではありませんか。彼らにつづく全員も、（いまはフリュートも加わり、軽い小太鼓三つばかりと、あのチャラチャラもむろん加わって）リズムにあわせて踊りながら。なんとかして列からはなれ聖堂の柱のかげにうずくまってしまいたい私は、羊の足の老人と、前列にいた大きな黒い瞳に笑みを一杯たたえる八つくらいのかわいらしい男の子に、あっという間に両腕をとられて行列の中につれこまれてしまった。みなは（先導役の〝バスケット隊〟の歌にあわせて英語で）歌い、アレルヤをくり返しながら、足を蹴りあげ、からだをゆすり、やがては飛んだり跳ねたり、踊りまくって、教会堂を一周するらしく思われました。ひとりひとり、自分の前にいる人の両肩にさしのべた両手を置いて。豹の毛皮の司祭は、列のしんがり役をつとめて。

……わたしたちの貧しい献げものを、いま

受けて下さる神さま、ありがとう、ありがとう、

ワンダフル、神さま、サンキュー、ジーザス（イエス）、

アレルヤ、アレルヤ

チャラチャラ、ドンドン、ピーピー、アレルヤ……

いくら乾燥してしのぎやすい高地ザンビア（平均温度二四・五度、湿度せいぜい四〇パーセント）と言おうとて六月の陽ざしはつよく、昼近くともなれば、肌は光と熱のためピリピリして来る。やっとのことで、一周を終えた行列の先頭が聖堂入口に近づいたとき、私は心底からホッとしました。「ああ、助かった！」。でもそれは、ぬかよろこびだったのです。「三位一体の神さまのためなら三回まわるのは当然」と、あとで聞かされたのですが、

人々の環はたった一回で聖堂に戻るなど「考えることも出来ず」、またもやドンドンチャラチャラ、跳ね上り（驚いたことに皺くちゃの老婆も老人も、赤児を背負う若い母親もみな）歌っては笑い続け、笑っては足踏みし、とうとう三周したのです！　ピーピー、ドンドン、サンキュー、サンキュー。

からだとこころのすべてで

このあとたっぷり一時間半かかったミサ中のことは、書く必要はないでしょう。たった三つをのぞいて。第一は、最重要な、イエス・キリスト御自身が最後の晩餐の間に「これを行なえ」と弟子たちに命じられた「記念のみことば」の際、聖堂は打って変わったおごそかな静けさに満たされて、会衆全員がひれ伏したこと（苦しまぎれのニワトリの糞や羽毛や、動きまわる魚のうろこや、千切れたバナナの皮の落ちている、泥の床にぺったりと）。

第二は、イエス直伝《じきでん》の「天にいらっしゃる聖なる父よ」の祈りの時には、天に少しでも近づこうとして、みなが飛びに飛んだこと。それも一度や二度ではない、「天に！　天に！」と十数回もくり返して歌っては、大よろこびで都度、飛びあがるのです。二日前、アンゴラ国境キャンプから十数時間走って帰って来ていた私は、一回以上は飛べませんでした。

第三は――ああ、もっと大変でした。「キリスト御自身が下さった平安の中で、わたしたちみながひとつとなり、コムユニティとなりましょう」の祈りがすむと同時に、一人ひとり全員が互いにコムユニオン《コムユニオン》としてのキスをかわそうと動きまわるため、聖堂内が波のようにゆれたのです。キスと言っても、〝アフリカのキス〟は左頬右頬、もういちど左頬と、しっかと相手を抱きしめた上での三度のキスですから、大変などというものではない。会衆は二〇〇人以上はたしかにいましたし、〝ジャパンの信者〟へのキスともなれば、三度では足りません。六度も九度も。私の顔はみなの汗とつばきでベトベトになり、唇はみなの汗と唾《つばき》を思う存分もらってしまいました（こちらも向うに、左右左のキスを返すから）。

やっとのことで、豹の帽子の司祭（彼もむろんキスの仲間に入っていました）の祝福でミサが終ったとき、私は不甲斐なくも疲れのあまりにノビてしまい、ひきとめようとするみなの手を振りはらって、聖堂の外に大きな影を落としている樹の根元までやっとの思いでたどりつくと、冷ややかな草の上に横たわってしまいました。その間じゅう眼をあちこちに向けてさがしたけれど「必ず来る」約束のタクシーはまだ来ていない。そのうちに「ジャパンの信者が病気らしい」と察した人々が次から次に駆けて来て、額に手を当てたり、足をさすったり。豹の帽子の司祭は走って、冷たい（貴重な）水を一杯持って来る、あのバスケットの中からバナナを一本とり出して持って来る子ども。「神さまが受けて下さった献げものをこれからみなで火を起して焼いたり煮たりして分けあって、コムユニオン、コムュニティの食事をするから待っていて下さい。食べて力をつけて下さい」と私の手をとって言ってくれる多勢の女性たち。涙がおのずとあふれ出て、ありがとうをくり返すだけの私のそばに、いつのまにか来ていたあのタクシーの運転手。人々がわれ先にと彼に告げる、〝ジャパンの信者〟のようすに案じ顔になると、「いや、連れ帰る。その方がいい」と言い張ってくれました。

名残を惜しむ〝豹の帽子〟や、黒い瞳の子や、羊の足の老人、その他その他多勢に、心からの礼を述べて車に乗りこんだ私は、心配してくれる運転手に聞いてみました。「あなたの教会でも、踊ったり飛んだり跳ねたりしたの?」つまらぬ質問をとでも言いたげに、もうハンドルを握っていた彼は振り返って私を見つめながら言いました。「当りまえよ。だって神様はわれわれ人間に、見えない心の表現をさせたくて、からだをつくって与えて下さったのだもの」。はっとしました。詩篇一四九と一五〇のいくつかの節が、ふいと心に浮かびました。

アレルヤ、新しい歌を主に向って。
……踊りをささげて　聖名《みな》を賛美し
太鼓や琴を奏《かな》でて　讃歌を歌え……
アレルヤ　神を讃美しよう、
笛を吹いて　讃美しよう、
太鼓に合わせて踊りながら、
弦をかき鳴らし、フリュートを吹いて、
シンバルの音をひびかせて　神をほめよう……
いのちあるすべてのものは　神をほめよう……
アレルヤ　アレルヤ……
(筆者訳)

でも、と、頭のどこかで小さな声がひびきました。「毎日曜日、三時間半も飛んだり跳ねたり平伏したりでは、かんじんのからだがまいってしまう」。その通り。しかしなお、

〝先進国〟とりわけ、表現力やゆたかな表情力に乏しい日本国の、カトリック・プロテスタントの〝お行儀のよい〟やり方に（私はプロテスタントの礼拝にも参加することがあります）、も少し〝からだによる表現〟（たとえば天父への祈りの際に、隣あう方たちと手をとりあうなど）があってよいのではないかと思うのです。

詩篇一三九を味わいながら。

それは次のように歌います。

神さま　あなたは　この私の内臓をつくり、
母の胎内深くで私を（からだを）形づくって下さった。
……私は、あなたによってつくられた
こよなきすばらしいものなのです……

旧約・新約の聖書のページをひらいてみれば、なんと〝からだのことば〟の多いこと。

そう、人間とは〝からだとこころ〟を〝ひとつに、不可分に、あわせ持つ存在〟なのです……。

（二〇〇四年一一月号）

プレゼント・プレゼンス

クリスマスのオランダで

クリスマスから新年へ、成人式へ。プレゼントの季節?

なつかしくいま、私は思い出しています。一九五〇年代に足かけ三年本拠を置いたオランダ（本当の名はネーデルランド《低い土地》。国土の四分の一が海面より低いから）北方ホランド州での当時の習慣を。クリスマスシーズンに、その土地（国）ではプレゼントはありませんでした。カトリックとプロテスタントが仲よく半分ずつの人口で、もちろんクリスマスは大祝日であるというのに、外国人移民や駐在員が増加した二一世紀の今日でもなお、土地のしきたりは続いているとのことです。

ではなぜ、クリスマス・プレゼントをしないのでしょうか。理由をはじめて知った一九五二年の冬、私は感動とも感謝とも形容出来ない、一種のショックのような思いにとらわれたものでした。

「だって」と、オランダの輸出品目中上位に（当時は）入っていたチューリップ（球根）農家の男の子は言いました。「神さまはぼくたちを子どもにして下さるために、神さまが小さな赤ん坊になって人々の中に住み《プレゼンス》はじめて下さったのだから、クリスマス大祝日は、みんなが、ありがとうと言って、そのプレゼントを頂く日だもの」。

質の高いキリシタン研究所で名高いライデン大学の教授のひとりは、「神のプレゼンスそのものが、プレゼントなのだから」。私が身を置いていたグレイルと呼ばれる信徒トレイニング・センターのリーダー格のナース――数年のちにはコンゴで内紛の戦火のさなか、身を以《もっ》て子らをかばって殉職したと聞きました――は、「イエスさまは、神のゆるしを御身の上にたずさえて人間史に入《プレゼンス》って下さった。だから私たちに出来る一番の、神さまに対し人に対し自分自身に対してのプレゼントは、そのすべてをよろこんで受けることでしょうね」とも言いました。

ですから、互いや友人や家族親類への品物は、カトリックの間でもプロテスタントの間でもひとつもなかった。すばらしい、としみじみ思ったことでした。

樅の木と馬小屋――いのちのシンボル

さて。クリスマス・ツリーのてっぺんのローソクに火がともされるのは、クリスマス・イブの真夜中ののちでした。ツリーのかざりすべては星でした。銀色や白の手づくりの、大きいの小さいの。

マルティン・ルッターが、あるクリスマスの夜、音もなく降ったばかりの雪をまとって、ちょうど出てきた月と満天の星の光に照らされキラキラと輝いている樅《もみ》の木の美しさにこころの底から動かされ、枝の一本を持ち帰ってローソクの灯の前に置いたのが、クリスマス・ツリーの起源と言われています。が、樅の大樹の森の民・ゲルマン・ドイツ人にとって、冬も緑を保つ樅《タンネ》は、忠実・誠実・そしてまた、つらさ・痛さ・寒さにめげず生き続けるいのちのシンボルでしたから、「おお、タンネンバウム、誠なる木……」の古謡もろとも、いつのときにも愛され敬され続けて来たのでした。イエスさまこそ、神さまこそは忠実・誠実・いのちそのものですから、誠実な木タンネンバウムをシンボルとして飾るしきたりは、古代ゲルマンやルッターの土地以外の地にも、ひき継がれ広まって行きました。

でも、と読者の中にはつぶやく方もいらっしゃるでしょう。樅の木のない土地ではどうなのですか、と。たしかに樅の木は極めてゲルマン的、つまりドイツ的風土・中部ヨーロッパ的な土地に適する木ですから、ヨーロッパ大陸上には樅がどうしたって育たない土地はいくらでもあるのです。たとえば「オ・ソレ・ミオ（おお、わが太陽よ）」のイタリアの、アペニン山脈以南。では、クリスマスの飾りは？

一三世紀、イタリア中部のアッシジと呼ばれる町に生まれて、ルッター同様に日本でも知られているフランチェスコという人――貧者フランチェスコ――が、あるクリスマスの夜、内心深くに描き出されたルカ福音書（二章四～七節、また八～一四節）の場面を、そのへんにあった藁《わら》や木炭などを使って作ったのが、人々の間で次第に評判となって方々の樅の木のないところにまで広まって行ったと言われています。場面とは、まず第一に。

……ベツレヘムという町へ……住民登録のため上《のぼ》って行った……マリアは月が満ちて初子《ういご》を生み、布にくるんで飼葉桶に寝かせた……ベツレヘムの宿屋には泊まる場所がなかったからである……

「それなら」と、フランチェスコがつくったのは、馬小舎とまぐさを入れる飼葉桶。その桶の中の、小さな赤子・イエスさま。でも、それだけではちょっとさみしい。ルカが書きつづけるもひとつの場面も、つくってつけ加えました。

……その地方で羊飼たちが野宿をしながら羊の番をしていた。突然、神の輝きがあたりを照らし出し……天の大群の讃美歌がひびきわたった。

　いと高きところには神に栄光
　地には善意の人々に平和あれ……

天からの次のようなメッセージも光の中で、羊飼たちに告げられたとルカは書きます。

「人々みなに、きょう与えられる大きなよろこびを伝えよう……きょう、救い主《メシア・キリスト》がお生まれになった……布に包まれて飼葉桶に寝かされている乳呑み子がそれ……」。ちなみに、「きょう」、言いかえれば「いつも、いま」の語をルカはとても大切にするのです。「あした」ではない、「いつかそのうち」でもない、「きょう」。

　動物にも魚たちにも小鳥たちにも愛情こもる説教をしたと言われるフランチェスコは、馬小屋と飼葉桶に眠っている赤子イエスに、羊飼や羊たちを侍《はべ》らせました。人々が、とりわけ子どもたちが、どれほど「クリスマスの馬小屋」をよろこんで眺め、次から次へと伝えて行ったか、よくわかる気がします。教会の中に、家庭の中に、人々の集まる広場のまん中に、馬小屋はつくられて二一世紀にも飾られているのです。

よろこんで受けることも与えること

オランダのクリスマスにも、もちろん小さな馬小屋は方々にありました。「低地帯国《ネーデルランド》」特有の土の上には、樅はそれほど多くはなかったのですが、私たちグレイルの共同生活の家では、ドイツ人メンバーの家族が、わざわざ持って来て下さった大きな樅を、馬小屋と一緒にホールに置きました。装飾は清楚でひかえ目。しかし、クリスマス・イブの真夜中に教会にみなでゆき、帰って来るまで、樅の木は布でかくしてあったのです。おおいがとられ、光を象徴するローソクに灯がともされるのは、そののちと決まっていました。全員がよろこびによろこんで、教会から帰って来たのちのこと。ホールの電灯全部とローソクが、ぱっとつけられて、白と銀の紙でつくられた星々をまとう木は、それこそルッターが眺め見て感動し、祈りながら手折って持ち帰った故事にふさわしく、キラキラと光りはじめ、「ごらん、いまこそクリスマスなのだよ」と歌っているかのようでした。

でも、いったいなぜ、クリスマス・イブとクリスマス大祝日は、一二月二四日の夜から二五日にかけてなのでしょう。なぜなら、聖書が「闇」とか「夜」とか「暗さ」とか「深い淵の底」とか書くとき意味するのは、意地悪とか妬《ねた》み・憎しみとか、戦争とか殺しとか、報復など、さまざまの悪、及び悪循環、つまりは「罪」の暗さなのです。否定と破壊の力なのです。「光」とか「星」と書くときは、それらの悪に（神のめぐみを受けて）打ち克って、また悪循環をも断ち切って、つねに新しく、生命力と活力を（どんなに小さい力であろうと）創造することを意味します。そしてイエスさまこそは、「光」をたずさえて人間史に入って来て《プレゼンス》下さった方なのです。「罪」の暗さに沈んでいる人間の心の中に世の中に、光として、ゆるしとして、愛として、新しいいのちとして、よろこびとして、入って来て下さった。

それなら、と、初期教会の人々は、聖職者と名づけられる人々だけでなく全員みんな、考えたのです。聖書がどこにも書いていない降誕の日は当然、一年じゅうで一番「夜」の長い冬至の真夜中を、「光へと過ぎ越える日」と決めねばならない。真夜中を一秒でも過ぎたその瞬間から、光（昼）の時間が少しずつ伸びてゆくではないか。さいしょは飼葉桶という貧しく小さく、だれの眼にもとまらないひそかな場所に横たわる赤ん坊として、小さく「光りはじめて」下さった。それが神さまのプレゼンス・プレゼント。

だから、品物を互いの贈り物（文字に注意。物を贈る）にして祝うなんて、考えることが出来るでしょうか。

　私たちはみな知っています。こころの限りをこめて家族や友人のためにつくった料理などのほんとの報いは、「おいしい」「うれしい」のひとことだということを。「おいしかったから、お返しにはおカネいくら？　品物は何？」などと言われたら、むしろさみしいではありませんか。よろこんで受けることもまた、与えること。「よろこんで受けるというプレゼント」は、物の形をとりません。おカネなどはもっての外。無償の愛には無償で応《こた》え、無償で与えられた《プレゼント》神のプレゼンスの意義の深さを日々、生活しつつ祈りつつ、思いめぐらせて、ほんのちょっぴりでも「愛を生きようとする」とき、私たちはほんとのお礼のプレゼントを神さまにさし出すことになるでしょう。でも、それはなかなか出来ない。不幸にも私たちは「夜の暗さ」の方が好きなのかもしれません……

国をあげての遊びの日

　では――オランダの人たちは、プレゼントを全くしないのでしょうか。いえ、します。毎年一二月六日に。その日は、伝説的にニコラスという名の、トルコ生まれ（西紀三四〇年頃）の司教だった聖者の祝日。カトリックの聖者ですが、プロテスタンティズムが国教のオランダでも、崇められて来ました。その司教は自分も貧しいのに一生けんめい節約して工夫をこらし、人々の生活をよく見て知って、とりわけ貧しい子たちや病む人をかかえる家族のための必要なお金や衣服などを夜中にこっそり持ち出しては、人に見られないよう、自分が贈り主だと気づかれないよう、どこの家にも当時は必ずあった煙突まで屋根の上をよじのぼって、プレゼントをそっと投げおろしたという逸話の持ち主です。

この聖者の日は、オランダ国あげての大祝日。何せ女王陛下自らお出ましになる(どこへ? このの ちすぐに書きます)。総理大臣も内閣の大臣全員も。市長も、儀杖兵の一団も。「さあ、あしたはアムステルダムに行くから支度をなさい。朝七時半に玄関に集合」と言われ、グレイルの外国人メンバーは私を含め、何のことやらよくわからず、とにかく楽しいことがあるのだろうとだけ察してバスに乗りこんで、グレイルのあるティルテンベルグと呼ばれるチューリップ畑と「陸より高い海」を防ぐ堤防と砂丘(デューンズと呼ぶ)以外何もないところから、都アムステルダムに向いました。

三〇分かけて到着して、びっくり。その人、人、人。子どもたちが最前列。女王さまはもう御到着で、ネーデルランド国旗とアムステルダム市旗、ホランド州旗が冬の北海の風に大きくゆれる、中央の特別席一段と高いところに立っておられました。海の水は特別席の下までさざめきながら寄せていましたが、そのうち、突然、儀杖兵の吹くトランペットが鳴りひびいたと思ったら、人波が大きくゆれて、いっせいに（女王までが）海の右手の方に顔を向けました。むろん私も。そして、見たのです。中央に――真紅のビロードだったと思い出します――天蓋を恭しく置いた古風な帆船が多勢の若者の漕ぐままに近よって来るのを。

群衆はみな手をたたきはじめ、「あれだ、あれだ」と指さすかなたには、天蓋の下におそろしく長くて大きな古風な司教帽をかぶり、白い毛皮のふちどりの真紅のマントを羽織って立つ白髭の、思いなしか威厳のある老人が、金の杖を左手に、右手は祝福のため高くかかげて立っていました。お供は、若くたくましい黒人です。言い伝えでは、ニコラスはトルコを出てエーゲ海から地中海に向かう途中、エジプトに立ちよって、かしこくて心暖かい黒人少年と出会い、二人で旅を続けたとのことですが、どうしてジブラルタルからビスケー湾に出て北上し、海水のさかまくアムステルダムに上陸したのか、まことにふしぎです。

が、ともかく、ニコラス司教に扮《ふん》した俳優が上陸するや、まず女王がその足もとにひざまづいて「司教祝福」を受けられ、次いで総理大臣、大臣、市長……群衆とりわけ子どもたちは大よろこび。司教は彼らの間をゆっくりと歩いては祝福。上陸から一時間もかかる「式」の間、楽隊も幼少年少女の合唱隊も加わって、そのにぎやかなこと。『遊ぶ者・人間《ホモ・ルーデンス》』を書いた歴史学者ホイジンガのふるさとネーデルランドの「遊び」の日。司教は祝福と一緒に、黒人少年が重そうに抱える大バスケットの中にぎっしりつまった「ニコラスの日」のキャンデーをまきます。終わるとまた大変。女王さしまわしの馬車に乗りこみ、アムステルダム市内を一周し、女王のパレードがそれに続きました。

ほんとのプレゼント

ティルテンベルグに帰ってみると、玄関のドアの外にはいくつもの箱や包みが置いてありました。贈り主の名はどれにもついていない。煙突から「だれにも見られないように、プレゼントをこっそり入れたニコラスのやり方」です。

多分、近くのチューリップ農家の人たちや子どもからでしょう。球根をいくつか入れた白い袋。北海のめぐみの塩の一袋などなど。必ず品物と一緒に入れねばならないのが、贈り主自筆の小さな詩です。子どもたちは小学生になると、ニコラスの日の両親や先生へのプレゼント（手づくりでというルールもある）ひとつひとつにつける詩を、半年がかりでつくるそうです。グレイルのような共同生活の家でも、みんなのために自分が出来る仕事、たとえば祝日のご馳走のクッキーづくりとか、テーブルセッティングとか、名前を出さずに「こっそり」やる。そして詩のひとつを手づくりのカードに書く。オランダ語の詩など私には出来ませんから、日本の風景「長崎のオランダ屋敷（らしい）」風景を色鉛筆で描いたカードでお茶をにごしました。

昼の大ご馳走がすむと、午後から夕方にかけて、玄関のドアをドンドンとたたく音がひっきりなし。出てみると人影はどこにもなく、素朴なプレゼントの包みが置いてあるだけです。さあ、こちらからも日頃、卵などをわけてもらう農家に出かけます。夏の間に編んだソックスや、冷たい畑でかぶる毛糸の帽子を包んでリボンをかけて、詩を書いて……ドンドンと相手の家の戸をたたいたら、「すぐ逃げる」のがニコラスの日の礼儀となっています。一年にいちど、ニコラスの日だけがプレゼント。くり返しになりますが、「贈る相手をよく見て、生活ぶりをよく知って、一年かけて、ふさわしいものを手でつくる」、「詩をそえる」。

すばらしい風習、と私には思われました。ですから日本に帰ってきたとき、びっくり仰天したのです。クリスマスの大仰なプレゼント。ケーキにディナー。さあ、これでよいのかしらん。プレゼンスなしのプレゼントは、ほんとのプレゼントなのかしらん。
プレゼンス（「私がいま、あなたの前におります」）の代わりのプレゼントなら、まず「相手はどなたで、いま（プレゼント）何を必要としているか」を考えて。

（二〇〇四年一二月号）

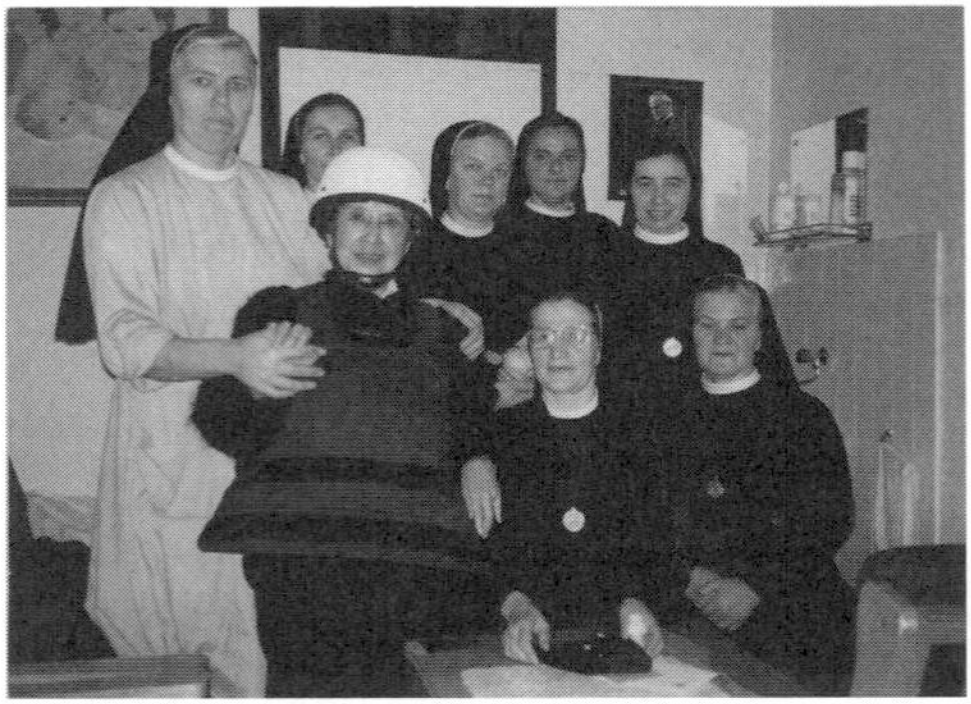

旧ユーゴスラビア内戦時、砲火のサラエボで難民支援に当たっていたクロアチアからのシスターたちと、半分だけ破壊をまぬがれたカテドラルの一室にて。カナダ軍用貨物機から下り立ったその足で。（1993年10月）

オイコス・エコ・エコ

『婦人之友』が、「家計簿で描く未来の設計図」特集で二〇〇四年度をしめくくられたのは、とても意義深いことだったと思います。羽仁もと子先生が（先生という称号をあまり好まず、大学教授などとお話しするときにもめったには使わないのですが、羽仁もと子さんに対しては使いたくなる）ほぼ百年も前に家計の重要さを語り、書き、また、それを記録してゆくことは単なる一個人または小さな一家庭の金銭出入メモではなくて、各時代の社会の動きを物価の推移もろともよく見て、自己の日々の設計をし、それによって社会的責任の一端を担うことをも意味する、つまりは社会人の生活記録であると説かれたのは、最も正しい意味での啓蒙運動だったのです。

「目立つことはないけれど……現在の政治経済が正当なものであるかどうかを判断（暉峻淑子氏・二〇〇四年一二月号）」する「生活者の視点」の表現でもあるからです。「全国友の会延べ四七万人の家計報告・半世紀のまとめの一部を見るだけでも、市井にかくれるひとり一人や家族のささやかな記録が、万の単位で集まるとき、なんと、二〇世紀から二一世紀初期までの日本社会と呼ばれる一大家族のニーズや要求の移り変わりがみごとに浮彫りにされて来る。そもそも経済という一語を私たちは何気なく使っていますけれど、古今東西それぞれの言語のひとつふたつ取りあげてみても、どれほどにどっしりとした意味を持ち続けて来たかに驚かされます。

「経済」"economy"の語源

まず東洋の漢字の「経」の文字は、もともと「糸」をあらわす形から生まれ出たもの。多くの糸がよじれたり切れたりせず、ひと筋にまとまってゆくこと。または、まとめてゆくこと。ひいては、筋道をきちんと立てること。「済」は、助けるとか救うとか、支援するとかを意味する文字。だから、経と済とが一緒になると、経（世）済（民）。世の中を乱れさせず、人民庶民の苦しみを出来るだけやわらげて、より善くより平穏な暮らしへの道づくりをすること。古代中国などで経済人と言えば、正しさを以て世をおさめ公正公平をゆきわたらせようとする人、つまり政治家を真っ先に意味しました。

では、西洋伝統はどうだったでしょう。おもしろいことに、「家」とか「人の住むところ」とかを意味する一句を以て、ギリシア語での経済の単語ははじまります。オイコス。この一句に続くのがノミア。二つあわせてオイコノミアと言えば「人の住むところ・家の（中の）整理整頓」。ギリシアに続くローマ帝国の公用語のラテン語になると、ギリシア語をほとんどそっくり受け継いで、オイコスをエコとし、オイコノミアをエコノミアとしました。一六世紀初め、エコノミアが英語に入ってエコノミイになったと、辞典は記しています。

現代の日本ではエコノミイは、まず第一に、経済学者や経営にたずさわる専門家たちの分野に属するものと考えられてしまったけれど、本来は、どんぴしゃり「家の中での生活の整理」つまり「家計」を意味していたのです。それが段々に広い意味に使われて「オイコス」も「エコ」も、人間が住むところ、つまり一国全体または世界全体を指す一語とされるにつれ、「エコノミイ」イコール「広義での経済学」と定義された。

カレンダーは神のエコノミイの中に

ここでちょっと飛躍するようですが、英語が大文字を使ってエコノミイの一語を書きはじめるときは、「神さまのみわざ」「人類全部をイエス・キリストを通して救おうとする神の計画」を意味します。まさに「経世済民」に通じてゆくではありませんか。

ところで人間たちは、どこのだれでも、自分だけでは生きてゆかれない。光や水や空気なしで生きる人間など、想像することも出来ません。働く時間・仕事の時期という大事なけじめは、光あってはじめて可能となり、どの国でも人は昼間は働く、夜は休む。しかも光の多い季節の働きは、少ない季節の働きとくらべ、ずっと多い。これらすべても「神さまのエコノミイ」には、ちゃんと入っているのです。

……あなた（神）は、太陽と光を放つ物を備えられました。
昼はあなたのもの、そして夜もあなたのものです。
あなたは地の境をことごとく定められました。
夏と冬を創造られたのもあなたです……

（詩篇七四篇・一六〜一七節）

初めに……神は言われた。
「光あれ。」こうして、光があった。
……神は光と闇を分け、光を昼と呼び、闇を夜と呼ばれた。夕べがあり朝があった
……
（創世記第一章三～五節）

……神は……昼と夜を分け、季節のしるし、日や年のしるしとなれ（……と言われた）
（同一四節）

だから、神のエコノミイを讃めたたえるために人間の手が創造した中世の、ロマネスク様式と呼ばれる数多くの伽藍《がらん》・聖堂の入口にはたびたび、カレンダーが刻みこまれたのでした。時間のサイクルも季節のサイクルもすべては「聖なるもの」と中世の西欧人たちは考えていましたから。彼らが全員、聖書を尊びキリストの福音にしたがって生きていたなどと私は言いません。むしろ逆だったのかもしれません、が、ポイントは、時や季節や、それらにしたがって各地それぞれ違う労働は、神のエコノミイの中にちゃんと入っているという根本的な一点を知っていた、信じていた、という一事です。

サン・リス伽藍のレリーフ

ロマネスクの逸品である、愛すべきそれらのカレンダーは、美術史家の柳宗玄さんなどによって日本に紹介されました。私もつよく惹かれてフランス在住時代には「ロマネスク・カレンダーを見る旅」に折にふれて出かけたものです。ロマネスク様式（一一～一二世紀最盛）は、浮彫《レリーフ》を中心としますから、浮彫のためにとくに適した土と石を多く持つフランスに、とりわけたくさん残っています。また、当時のフランスの石工の技術が、デザインをする人物の才能もろとも、ぬきん出ていた点も忘れてはならないでしょう。いま、ドイツや英国やスペインに残るロマネスク式聖堂の多くは、招かれて旅して行ったフランスの職人たちの手によるものです。

パリのシャルル・ドゴール空港に遠くないサン・リスの伽藍にちょっと行ってみましょう。私の大好きなカレンダーのひとつである「二月」を見るために。サン・リスあたりの二月の寒さは、凍てこごえるという表現がぴったり。いましがた戸外から走り帰って来たらしい農夫が、雪やあられのたっぷりくっついたフードつきマントをぬぐひまも惜しんで、勢いよく薪を燃やす暖炉に向かって、片足を大きくあげ、ぬれた靴をひっぱり取ろうとしている図。歯の根もあわずガタガタとふるえる姿や表情がなんとも面白く愛らしい。「神さま、いくらなんでも寒すぎるよ」と苦情を言っているかのようです。

三月のカレンダーの図となると、サン・リスはもちろん、他の地方どこでもかしこでも、やっと過ぎて行ってくれた冬の名ごりの凍てた大地に、去年このかた残されていた根や茎など取りはらう大仕事をとりあげます。一月二月の間、いろりや暖炉のそばで（シャルトル大伽藍のカレンダーの農夫は、フードだけではとても足りず、その上から大きなショールをすっぽりかぶっている）、一心にみがいた鋤や鎌がいまこそ運び出されます。

でも、一〇月のカレンダー（南方では一一月のこともある）は、いちばん面白い。実をいっぱいつけたどんぐり（日本のどんぐりではありません。中部ヨーロッパ独特の樫《かし》の実です）林に農夫が豚をつれてゆき、一心不乱に木を揺さぶっては、豚（日本の豚と少しちがう）の大好物のその実をひとつでも多く落として、豚に食べさせようとしている図です。食べさせて太らせて――うんと肥え太ったら、かわいそうにつぶして、ソーセージやベーコンにする。

一家五人プラス赤ん坊ひとり分として、ひと冬約三五〇キロというのが目安でした（拙著『私のヨーロッパ』内「ユラの農家で」）。この三五〇キロの数字は、日本での中世ヨーロッパ史研究第一人者・堀米博士によると「正しい」。いまのような流通組織のまだなかった頃、各地の農村は冬の間の食糧を、秋の間に自分たちでたくわえねば生きのびられず、経験に照らして塩漬け肉（豚が主役）や、りんごや玉ねぎの保存量をちゃんとはじき出していた。オイコノミア・エコノミイの大切さをよく知っていた。

生活の必要から生まれた「ヨーロッパ共同体」

一九五〇年代のオランダで、私も伝統的なオイコノミアを学びました。地下室につくられた何十もの棚にずらりとならぶガラスの大瓶に、来年の春までのヴィタ（ラテン語で「いのち」）ミン源のにんじんや、セロリ、キャベツ、パセリ、各種のベリイをも加えて「昔ながらの（つまり、いちばんおいしく保存出来る）やり方」で火を通しては、いちいちていねいに詰める仕事。ドイツ風のザワー・クラウト（酢漬けキャベツ）は人気ものでした。

ひとり分、毎日どのくらい。一一月、一二月、一月、二月、三月と五ヵ月分、「オイコス（家）全員」でどのくらいが必要かを、よくはかった上での大仕事。

私がオランダ国北方のホランド州に行ったのは、一九五二年九月でしたから、五七年のローマ条約によるヨーロッパ経済共同体《European Economic Community》（ベネルクス三国・独〈旧西独〉・仏・伊六ヵ国）は、まだ正式に生まれ出ていませんでした。六ヵ国は、みな国境によって仕切られていたから、旅人が手荷物の中に他の国の産物、たとえばキャベツなどを入れていたら、量によっては税関で支払わねばならなかったのでした。

ことさらに冬が厳しい中部ドイツ出身の友人が「早くＥＥＣが生まれてくれるように。そしたら、イタリアにすぐに飛んで行って太陽たっぷりのあの国の、冬でもみのるオレンジや、どこにでもあるトマトの缶詰めを、背負えるだけリュックに詰めて来るわ」と、ローマ条約締結を待ちこがれていたことや、私が生まれてはじめて五三年の冬と春二回踏んだドイツ(西)の土地で、ほうれん草の葉の一枚ずつを「出来れば五枚ワンセットで買って下さい」の文をつけ、「病人・幼児用」として八百屋が売っていたことなどには、びっくりさせられました。

敗戦国ドイツほどの乏しさではないとは言え、私が当時身をおいたオランダやフランス(パリ)も、戦勝国とは名のみ、とりわけ五二年から五三年にかけての何十年ぶりとやらの酷寒の冬には、「大地のめぐみ」のじゃがいもと瓶詰のキャベツと、祝日だけの瓶詰にんじんがせいぜい。流通路だったライン河やセーヌ河さえも凍結し、船ではこばれて来ていた暖房用の石炭も薪も、めったには入手出来ないありさまでした。ましてや、冬の間の祝日クリスマスに、いちごを飾ったケーキなど、とんでもない！　りんごの水煮だって大ぜいたく。

そして、人は待っていたのです。一九五〇年に、当時のフランスの外務大臣だったシューマンが「過去の憎しみを乗り越えよう、互いに詫びあい許しあい、再び戦争や人種差別（アウシュヴィッツ）の愚と悪をくり返さないため、まず、フランスとドイツが日常生活上必要とする石炭や鉄鋼生産のすべてを共通の管理のもとに置こうではないか、共に生きぬこうではないか」と提案した、ヨーロッパ共同体のそもそもの案が実現される日を。

この「シューマン宣言」こそ、さきほど記したベネルクス（ベルギー、オランダ、ルクセンブルグ）三ヵ国と、これまた敗戦国だったイタリアが、双手をあげて参加して来ることになるEECの第一歩だったのです。（注・実は第一次大戦直後にもEC的構想は芽生えていました。アメリカとソ連という「ふたりの巨人」にはさまれて、衰えて行きそうなヨーロッパでしたから）

ヨーロッパという「家」の家計簿

一九五七年久々に日本に帰ったとき、ちょうど欧州経済共同体設立条約（ローマ条約）調印の直前でしたから、多くの友人が関心を示しはしたものの、「経済中心なんだから大したものにはなるまいよ」と言うことばが度々出るのに気づいて、がっかりしたものです。

大したものにならないどころか、一般人の生活の基盤である暖房・鉄道・食糧資源共有という経済からスタートしたからこそ、六七年に正式呼称を「ＥＣ＝欧州共同体《European Community》」と改めたのち、着実に成長してゆくことが出来たのです。

もしも、経済のかわりに、文化伝統や価値観や政治を最初に含みこんでいたとしたら（そんなことを考えるようなベネルクス・独仏伊のリーダーは、幸いにもいませんでしたが）、道のりはジグザグしてとても難しかったと、現場ヨーロッパの各地に住んで毎日の、ふつうの人たちの暮らしを体験したのちの私は確信して来ました。

いまは拡大ＥＵ＝欧州連合《European Union》となった大陸の、ふつうの人たちには、暗くてつらい寒冷時に病気でなくてもほうれん草やオレンジやトマトが食べられるとか、明るくて陽気な南部イタリアやスペインやポルトガルなどに少し倹約してお金をためれば——どこでも共通のユーロ通貨になったから——避寒休暇をすごしにかんたんにゆけるとか、逆に南の地の人々は、自分たちよりちょっと進んだ分野、例えば福祉や医療の施設を持つドイツ・フランス・デンマーク・オランダ等に、雪や氷を見るおどろきの観光をもかねて気楽に出かけられるとかの、「小さなことども」の方が大事なのです。

それより何より、「ＥＣ、いまは拡大ＥＵの中では、二度と再び戦争が起こらない、戦場に行くことがなくなる」安心感こそ、この上なく大事なのです。まさしく経世済民。エコノミイ。ＥＵという大きな「家の管理整頓」。オイコスの管理をめちゃめちゃにこわして、家の全員を傷つけたり飢えさせたり死なせたりする、最大の悪事の筆頭こそは戦争だ、戦争をし続けたから憎悪も生まれた、人類に対する神さまの善いエコノミイを裏切った、住む地をずたずたに裂いた、エコノミイを崩壊させたと、おそまきに気づいて悔いた点に、ＥＣ・ＥＵの成功のカギはあったのです。

ひとことにまとめれば、「さあ、ヨーロッパという家の家計簿を、みんなでつけましょう」。

エコロジイあってのエコノミイ

オイコス、エコノミイ、エコと、くり返している間に、読者の中の何人かの方は、ふと「エコには、エコノミイ以外の意味の単語もあるじゃないの」とお気づきになったかもしれません。身近なところに「エコショップ」とか、「地球にやさしいエコ商品」というような看板を出している店を見つけたりして。

そうです、エコロジイ（環境生態〈学〉）という新しい科学部門が大きく正面に出て来たのは二〇世紀半ばからのち、つい最近のことです。地球と呼ばれる、人間たちの住むところ・人間全部の家（オイコス）を健やかに保たないと、人間は生きてはゆかれない。ではほんとうに、その家を善く管理して来たのだろうか。

そうとは言えないと気づいた最初の人の中に、この稿ののちに登場させたいひとりの「物静かでセンス・オブ・ワンダー」に満ちみちていた女性が、トップを切って入っています。人間は、環境と呼ばれるオイコスの中の生態圏（エコロジイ）の中でだけ生きてゆける——というわかり切った一大事を、科学・技術の大進歩に酔いしれて忘れてしまったのがわれわれ先進文明国人たちだと、勇気を以て告げた女性です。

神さまのエコノミイは、旧約聖書第一巻第一章に書かれるように、エコロジイからスタートしているではありませんか。中世人はエコロジイとエコノミイを一緒にして考えて、カレンダーをつくったのに。

エコロジイの持つ意味を忘れる限り、エコノミイも人間文化も、進歩進展することは難しい、いや出来ないと言い切った女性の名は、レイチェル・カーソン。どんな人でしたろう。何をしたのでしょう。ゆっくりと出会ってみましょう。

（二〇〇五年二月号）

〈緊急〉スマトラ沖地震・津波　教育プログラム

被災地からのSOSメール

犬養基金宛／スリランカ*二〇〇五年一月四日発信

史上最悪の天災から一週間目……公式発表による惨死者数は現在二九七二九名。しかし非公式報告によれば、少なくとも倍……アムパライ地方一一八の難民キャンプには一八万八八四三名。トリコマレエのキャンプには五万八八〇三名、ジャフナキャンプ一万四四五四名……しかし〝ダミル・イーラム解放の虎〟*（以下LTTE）支配力の強い地方では、被災者・死者数たしかめられず。ＪＲＳスタッフ、その地方にいま入りつつあり。現時点でのＪＲＳの仕事は井戸水浄化、米・砂糖の配給、しかし全く不足。……ＳＯＳ・マットレス、タオル、衣服、食糧、水をたのむ……至急。

ＪＲＳコロンボ発

アチェ二〇〇五年一月七日発信

一二月二六日津波発生直後からの数日、ＪＲＳは北スマトラとアチェ在のスタッフを（注・スタッフ自身も傷つき、自宅・家族も全壊・全滅・半滅なのに、集合して来た）メダン（北部の主要都市）に動員し、一月元日には二台のトラックにて救援物資発送切望……しかし一切の基本的組織（道路・電気・通信等々）が破壊され、ガソリンも入手不可。また人々の大群は水を求め薬を求めて、バンダアチェや、ここメダンの町に殺到しつつあり……水を、食糧を、煮炊きの道具を、ガソリンとトラックと運転手と蚊帳と薬品を至急求める。スタッフ全員は疲労の極限に達し、交替の人員を求める。至急。病院ほとんど全滅。薬品底をつく。ＪＲＳローマ本部は死体収容の千個の袋入手送付するも全く不足……婦人用生理用品必需……ＳＯＳ。

ＪＲＳインドネシア発

いま何が出来るか――まっさきに「教育」

ずっと考え続けました。何が出来るか、と。これだけのスケールの未曾有の惨事を前にするとき、「何が、いま」を考えるとは、正直言って、とんでもなくつらく痛いことなのです。なぜなら、「何が、何を」とはすなわち、「何もかも火急に必要」の中のたったひとつを選び取ることだから。他のいくつもいくつもの必要事をさしおくこと、つまり選択になるから。

数日考え、数夜考え、たどりついたところは、犬養基金の初心と出発点に忠実であるという一点でした。つまり、教育。長期にわたる、対青少年少女教育プログラム。まずスリランカにしぼる。政治・軍事・内紛事情の上に、今回の津波が襲ったため、スマトラより内部事情が複雑だからです。

幸いに生きのびて、前出の文をホームページに流すことが出来たスリランカＪＲＳチーフのヨゼフ神父の母体は、一六世紀に生まれ出たイエズス会で、全世界各国各地に教育施設を持ち、日本では六甲学園や上智大学。だから一九八〇年来は至るところの難民キャンプ内に教育の場を設け続けて来ました（現在全世界に七四教育施設）。この（日本では「旧弊の会」

と誤解されることの多い)イエズス会は一九八〇年、「いまの世界と現状」に応える難民サービス部を、広島体験を持つ医者だった当時の総長発案でつくり出しました。会員以外にも、イスラム教徒などだれでもがボランティアとして入っています。このJRSがスリランカに八つもの拠点を持っていることの、何という幸い! だから我々は合体する。過去一四年のバルカン半島での協力経験ののちに再び。

しかし。合体協力しつつも、犬養基金独自のプログラムをつくる。対象主体を少女たち、若い女性たちとすることによって。まず二ヵ年。三年目にプログラムを再検討し、さらに三年延長。一〇年を以って一応のメドとする。

「ああ、JRS! あれはしっかりしていてよ。あそこなら大丈夫よ」と、電話を入れた緒方貞子さんはおっしゃった。でも、あの未曾有の地でなぜ、まっさきに教育? 日本の多くの友人や未知の方の手紙はたずねて来ています。水も食糧もテントも衣服も薬もない、あの惨地に? 「死体・死者確認が先でしょうに」とも。その通り。でも選択しなくてはならない。苦悩の末、選んだのは「いま生きている若者、少年少女を助ける」。

でも、問いは続きます。「なぜ教育?」。

「教育」の一語は、いまの場合、日本国(その他の富国)で使われる意味での一語ではありません。これが、かんじんのポイント。校舎はなくてもよい。波に呑まれて一瞬にして消え去った学校が本格的に再開されるまでは「ミチコスクール」。小さな空き地に段ボールで四方を囲って、「スクールをつくる」。残っている木の下にぺったりみなで座る、「クラスルームをつくる」。教材が全員にゆきわたらなくてもよい。

「何がしたい？」――未来を開く扉

大被災地や何十万収容の難民キャンプとはいったい何を意味するのか、考えてみましょう。答えはまず、そこから始まるのです。すなわち「ノーマルな場所ではない」「希望に満ちた場所ではない」「アブノーマルの極限の場所」。

言語に絶する大災害、大虐殺、大量破壊直後の混乱状態の中で、人はほとんど機械的になってしまうのです。

国連旗（など）のなびく方向に、機械仕掛けの人のように、ただ歩く（もし歩けるならば）。何をも見ていない眼を大きく開いて。阿鼻叫喚《あびきょうかん》？　いえ。静か。不気味に不自然に静か。涙は流しても、泣き叫ぶ力は、もう残っていないから。事実、大声で泣いたら（あるいは、ほんの小さな微笑めいた動きが顔に出たら）、そのとき人は、おとなも子どもも「生きよう」の意志を初めて抱いたときと、二四年間の難民キャンプ体験が私に教えました。

機械のような人たちはほとんどみな、汚れ放題のバケツかペットボトルだけはしっかり握っています。水をもらうために。黙々と、忍耐強く列に立って。ふと、列の中のひとりが、風に吹かれて落ちる枯葉のように「地に落ちる」。もう死んでいる……

そういうところで、なぜ教育？　なぜスクール？　今回の史上最悪の被災地でなぜ？なぜなら（私は痛く強く知りました。体験を通して）、スクールとはただちに「ノーマルな社会」を意味するからです。「ノーマルな人たちや子どもがゆくところ」。教育とは「ノーマルに生きるための準備の道」と、一切を失いはてた人々は、とりわけ青少年少女は確信し、希望し、切望する。

アブノーマルな生き方を出て、さて「何がしたい？」と私は悲惨の極の地ゆくたびに、いつも聞くことにしています。青少年少女に対して。「したい？」とは、現在形ではありません。「……したいけれど、いまは出来ない」。だから、「……をしたい？」「したい」となるのです。「何も出来ないいま」に、ほんのちょっとノーマルな「未来（あした？きょうの午後？）」と呼ばれる時間の扉が開く……それが「あなた、何がしたいの？」の問いの意味なのです。

答えは、すぐ返らないときの方が多い。放心状態になっているから。トラウマのどん底に落ちているから。とりわけ今回のスマトラ沖大津波のケースは「一瞬の出来事」でしたから、いまだに何が起こったかを信じることは出来ない。何が父母に、兄弟に、友人に、家に、町に起こったかのほんとの把握は、十日目くらいからだったのではないかしら。把握したとたん、どん底に落ちてゆく。だから答えを急がせてはいけないのです。待つ。一人ひとり順番に手を取って待つ。一日でも二日でも。水や食物の配給（があるとすれば）の列に一緒に立って待つ。

ああ、人間！

ちょっと横道。こういう際の「救援・奉仕」は、ほんとにつらいものなのです。なぜなら「救援する私（たち）自身が倒れてはいけない」「自分たちを生かし続ける水やパンその他は、こっそり確保しておかなくてはいけない……」。「水！　水！」とあえぐ数十人の死期間近のマラリア患者女性たちの、土の上にじかに横たわる〝国境なき医師団〟の病室テントや、薬も医師も不在の「病院」で、私は何度胸にナイフを突き立てられる痛みを感じたことでしょう。

アンゴラ国境線上の、ある病室テントを例にとれば、私のリュックの中には、三分の一に減ってしまってはいたけれど、水を入れたペットボトルがあったのです。私の理性は「この人たちの乾ききった唇をひとり当たり一滴の水でしめらせるとしても不足」と知っている。しかし、心情は「しめらせてあげたい！」。同時に救援に来ている私、三〇度以上の土地で朝から水を飲んでいない私は、水を必要とする。どうする？　あのときは、ほんとに泣き叫びたかった。泣いて涙を一滴ずつでも、この人たちの唇に。

結局、一人ひとりのびっくりするほど熱いやせ細った、あるいはもう氷のように冷たくなっている手を握ることしか出来ませんでした。そして、その夜。ああ、あの夜！　木の枝をたばねて屋根とした〝ゲスト・ハウス〟に戻ってきて、私は何をしたのでしょう！

何はさておき、リュックから最後のペットボトルを取り出して栓を開け、口に持って行った――自分の浅ましさに打ちのめされたのは、そのときです。床にいつの間にかひれ伏して、キリストに向かって叫んでいました。「私を見て下さい！　これが私。エゴイスト！　あなたが、天父が、創造して下さったこの水なのだから、あのテントの人たちに代わって、この水を捧げましょう。捧げさせて下さい」。そして貴重この上ない、飲みたくてたまらない水を、泥をこねただけの床に流しました。声をあげて泣きながら。

そういう経験を、極限の惨地におもむくすべての人は、一度や二度は必ず持っているはずです。こっそり食べる。こっそり飲む。そのおぞましさ。その必要性！　そして泣く！

ああ、人間！

「何がしたい？」

「学校にゆきたい。友だちをつくりたい。文字を習いたい」

「じゃあ、スクールをつくりましょ」

「え？　つくれるの？」

「もちろん、つくれる。どこからかあなた、木の枝を持って来て。あなたは段ボールか何か探して来て……」

「さあ、この枝で仕切りをつくりましょ。段ボールは並べて、入口がわりよ。そこから中はスクール。あなた、何がしたい？」

「算数」とか「ＡＢＣ」とか答えが返ったら、しめたものです。「未来」はそのとき、ちょっとリアルなものになるのです。

「算数、ぼく、きらい」

「じゃ、何が好き？　何をしたい？」「歌うこと」「ワンダフル。合唱隊をつくりましょ」。木の枝をもっと探させて、仕切りをもひとつつくる。「ここから音楽教室。向こうは算数と読み書きよ」。

どん底の中で――ルールが与える安心

絶対にしなければならないのが、どんな状況のどんなところでも――大津波の後の混乱の最中でも――「規律をつくって守らせること」。なぜならノーマルな社会人は、共通のルール、たとえばどんなに急いでいるときにも道路の信号が赤だったら「行かない、待つ」というような、社会全部に通用するルール・規律を持っている。規律をつくって、さしだして、守らせること＝ノーマルな社会復帰の第一歩。

かわいそうな少年少女「だから」と言って、甘くしてはいけない。たとえば正確（で安い）時計をいくつか持って行って（愛くるしい模様のついたものなどは絶対にダメ。奪い合いになる上に、本来の用途がぼけて来るから）、リーダー格（必ずいます）の少年か少女に渡し、私自身の時計の時間ときっちり合わせてから、「きょうの三時に必ず集合」という風にルールを決める。功《メリット》の第一は、リーダー中心に「時間を知るための」グループが少しずつ出来てゆくこと。つまりは友だちづくりの第一歩。

第二は、くり返しになりますが、非常事態のまっただ中で、時間厳守というノーマルな「社会ルール」が心理的に惨の子らを「はげますこと」につながる。「三分遅れるのは仕方ないけど、遅れた理由を必ずおっしゃい」「五分遅れたら、クラスに入れません」。厳しすぎる？ 大混乱の中で？

いいえ、（体験、体験とくり返して、読者は飽きてしまわれるかもしれませんが）私の体験では──大悲苦のどん底にある子どもや少年少女は、「厳しくルールを守らせてくれる人」を求めているのです。なぜなら、厳しさは（愛情をこめて眼を見つめながら叱るときは）、悲しみ苦しみ乏しさだけが漠とひろがる彼らの世界の中に、「ここまではよい、ここから先はダメ」とハッキリした境界の線の引かれることを意味するからです。うまく叱られた（これがかんじん）とき、彼らは安心するのだと知りました。

このような安心こそが、やがては人と人の信頼関係を復活させる。そのとき人は、人を取り戻す。しかも、人間関係が生まれ出たとわかったとき、多くの少年少女は初めて、すがりついて来て泣くのです。大声で泣くのです。それへの対し方はケースバイケース。共に泣いてもよい、そうでない方がよいときもある……ともかく大声が出たときから、その子は「生きる」！

教育プログラムとは、一本のマッチをさし出して一緒にともして、「……したい」未来への一歩を共に歩み出す（いのちの水や糧の次に）最重要なプログラム。ノーマルな社会人への復帰のスタート。しかし、このプログラムをつくるには、第一に現場を見ること。

身体障害者第一級八四歳の私が、受け入れられるかどうかはわかりません。しかし、「体験」にものを言わせて、私は二月初め、コロンボに飛ぶかもしれません。現場で現地の人たちと会い、ＪＲＳの現場プロジェクトを見るだけでも、テレビニュースだけ見ているのとは全くちがうと思われます。「泣く者と共に泣き」、「いま」をつくる……。後続部隊は、日本の若い人たちの中に五人は見つけられそうです。語学能力のすぐれたプロのボランティアたちです。

（二〇〇五年一月八日記・三月号）

＊スリランカでは日本円千円は、一万円以上になります。南インドの貧村では幼児保育一ヵ年一〇ドル！

＊後記。この稿を書き終わって婦人之友社に発送した数日後、私は突然、激痛のため倒れ意識不明。すぐ病院にはこばれて、心筋梗塞手術。かなり回復した四月、はずみで転んで大腿骨骨折。手術。九月、心臓の再度のカテーテル（ステント合計六個）。二〇〇五年最後の診察はクリスマスのちという事態。当然、コロンボ行きどころか、病院、病院。結局、すべてをＪＲＳにゆだねてしまいました。

スマトラ沖地震・津波 教育プログラム

津波に襲われたインドネシア・スマトラ島北部のバンダアチェで、息子を抱き家の跡地に立つヌレリさん。母を含む5人の家族を失った。2004年12月26日に起こったこの津波で、インドネシアでは165,000人以上の人々が命を落とした。
写真＝ロイター・サン 2005年1月24日

*スリランカ——総面積ほぼ六五〇〇〇平方キロ、人口一九〇〇万人、一人当たり平均年収八〇〇ドル。(日本は約四万ドル)

*LTTE——七〇年後半から北東部中心に強く現れ、八三年の政府軍襲撃後、激しいテロと内戦をくり広げた武装勢力。のち、インドが介入し、軍駐留の間(九〇年撤退)をはさみ、二〇〇〇年ノルウェー仲介に基づいて一応和平成立後も、ヒンズー教徒タミルと仏教徒中心のシンハラの相剋は尾をひき、約一〇万人の国内難民が出続け、二〇〇三年三月には箱根で少年兵(一八歳以下)徴用禁止会議。六月東京・スリランカ復興開発会議には七〇ヵ国代表集まるもLTTE拒否。難民の今後のめど立たず。いま現在も難民キャンプ在。

*JRS——イエズス会・インターナショナル難民サービス。筆者が代表をつとめる犬養基金の一四余年の協力団体で、スリランカの全土、特に北東部に八つの難民キャンプを過去一〇余年を通して持っている。

静かな警告者
——レイチェル・カーソン

メイン州の林に立つレイチェル
レイチェル・カーソンの伝記『Witness for Nature』リンダ・レア著より

一枚のモノクロの写真を前にして、私はこの原稿を書いています。アメリカ東部の、おそらくはメイン州の林の中と察せられる針葉樹にかこまれて立つ、ひとりの女性の左顔にスポットをあてて撮ったものです。思索性がにじみ出る物静かな顔。何ごとかに真剣に打ちこんでいる顔。しかし、どこかしらに哀愁めいたものもまつわる。胸のまん中にしっかりと握りしめられているのは双眼鏡です。女子大学生だったころから、生涯を通して手ばなされることのなかった双眼鏡。学者ですか。そうです。動物学から海洋生物研究へ、そこからさらに野生生物研究と生物保護の仕事へと進んでいった人です。

でも、もの静かなこの女性は、二〇世紀後半から二一世紀にかけてあちこちに現れ出て来た多くの生物関係の科学・化学者とはちょっと違っていたのです。もう少し正確に言えば、「ちょっと違う少数学者たちの中のひとりだった」。どう違っていたのでしょうか。

科学・化学・それらにまつわる医療・薬品すべての分野の驚くばかりの進歩に基づいて二〇世紀半ばから今日、「生物・人間・ひいては生と死のすべての意味や秘義を解明するのは科学と化学だけ」とか、「科学（生命科学すべてを含む）者・化学者こそは真理（を持つ）の人」、「科学は宗教と関係ない」という考え方が圧倒的に強くなって来た。でも、「もの静かな女性科学者」は、そういう考え方に反対の態度を守り続けて生きました（一九〇七〜一九六四年）。

〃いのち〃はどこから来たのか

みなさんご存じでしょうか。一八世紀このかたの科学の主流が、「出来る限り『神』を取り去り、（人の）心（の存在や大切さ）をも取り去らなければ、まことの科学・化学は成立しない」と主張して来たことを。そのいわば締めくくりをみごとにやってのけたのが、進化論・進化主義のダーウィン（一八〇九～一八九二年）で、「人間を含む生きものすべては創造神によって個々につくられたのではなく、数少なくまた極めて原始的な生物から進化・派生・発展したものだ」という学説を、長年の観察や研究や実験の末に立てました。

このダーウィン論の先駆者たちは、一八世紀の啓蒙思想、とりわけ有名なフランスの『百科全書』と呼ばれる書物をつくった人々でした。「蒙」とは、暗いことを意味します。古くさい宗教などにしがみついて、精神的なものごとを求めたり、祈りを日々の生活の中に取りいれたりする人は、すべて「蒙」。だから「啓《ひら》いてやらねばならない」と考えたわけです。何を啓くのですか。理性を。知性を。精神とかこころとか宗教とか神さまから、人間を「解放してやらない限り、人間は愚かなまま。理性の光を得てよろこぶことは出来ない」と言うのが、「啓蒙家」の主張でした。

ひとこと付け加えたいのは、啓蒙家たちが「宗教」と呼ぶとき指していたのが、キリスト教だけだったことです。ヨーロッパという特定の地域の、しかも「近世」という特定の時代に影響されて、ほんの一面だけしか見ることの出来なかったキリスト教。その本質は見のがしてしまった上に、人間苦や悪の問題を突きつめていったインド生まれの大乗仏教や、ひたすらに仏《ほとけ》の慈悲を求めながら自分の日々をも正しくしようと努めに努めた法然や親鸞の念仏などは、彼ら啓蒙家たちの頭の中には全くなかったのですから、ずいぶんかたよっていたと言えます。

何が何でも、かわいそうな「蒙」の人間たちを「宗教」から解放してやりたい主義の人たちの中から、理神論という、わかるようなわからないような名前で呼ばれる考え（理論）が出て来ます。少し厄介なテーマに入りこむことになりますが、これについて書かなければ、女性科学者・レイチェル・カーソンの信条の尊さも意味もわからないと思われます。

理神論は、一八世紀にフランスのヴォルテールという人物によってとなえられ、やがてアメリカにも渡って、東部を中心に形を少しずつ変えながら広まってゆくことになる学説（?）です。その中で、ヴォルテールは、宗教一切不要といいながらも、次のようなことを説いたのです。「世界も宇宙も人間も、神によって創造された」。しかし「創造し整然とした秩序を自然界に与えたのちに神はどうなったのでしょう」（『新しい科学論』村上陽一郎著・参照）。整然とつくった自然界の中から「神は外に出られなくなってしまった（!!）」。だから、「神とは自然である」。あるいは、「創造したみごとな作品を眺めてから神はどこかに行ってしまった」。ちょうど、時計製造工が一分の狂いもない時計を仕上げて、満足して眺めた末に、他人に売って――つまり手放して自分はどこかに行ってしまうように。

それならもう、神なんて無用の長物。でも、考えてみると、ちょっと(いえ、大変)まちがっているのじゃないかしらん。私たち自身の小さな「創造」を考えても、作者が創作・創造品、たとえばクッキーや手編みセーター、たとえば原稿などの中に入って外に出られなくなるなんて、あり得るでしょうか。創ったものをよくよく眺めたあと、手放してどこかへ行ってしまうなんて、ほんとうの創造者だったら決してしません。いつまでも創造したものを愛し、大切に見守るはずでしょうに。クッキーならばいつまでもとっておけないけれど、家族や友達と分けあってよろこんで食べてというのが、ふつうではないかしら。

でも、理神論の人たち、つまりえらい学者たちは、「ふつう」ということを好みません。沢山の書物をひもといて考えぬいた末、神さまは自然の外に出られなくなってしまったと決めたり、「創作品をほっぽり出した」と推論したり。こういう物の見方を押し進めてゆくと、まちがいなく到達する先は無神論。唯物思想。この思想の流れを継いで、ダーウィンの無神論的進化論が出て来ることになりました。私は、ダーウィンの苦労また苦労の、長い月日の研究・観察態度を無視する者ではなく、むしろ脱帽するひとりです。危険な海辺や山地や砂漠まで、はるばると出かけて実地調査をしては、その結果を書きとめていったダーウィンですから。

でも、ひとつ、彼はまちがった。聖書の第一巻目「創世記」を文字通り読んでのち、「万物のスタートは創世記が書いているのとは全く違う。神なんて、いやあしないんだよ」と決めてかかったこと。念を押しておきたいのは、聖書という書物は（旧約も新約も）自然科学・生物学の書物ではない、という当たり前のことです。とりわけ創世記は、最終編集の執筆当時、聖書の民をとりまく中近東各地ではやっていた「神話的書き方・おとぎばなし風の書き方」をわざと借りて、非常に高い学問水準に達していた人々が、「人間の生死の謎」をめぐって書いた宗教的・思想的書物なのです。

それなのに、神の創造を「否定したい」ダーウィンは文字通り創世記を読んだあげく、『種の起源』という有名な著書の中で、種《しゅ》（生物すべてを分類する学問においての基本的な単位）は、神によって創造されたものではなく、原始的でしかも数少ない生物からスタートし、段々と時に応じ場に応じ、変化進化・自然淘汰をくり返しながら発達して来たのだと結論を出しました。じゃあ、その原始的な生物のいのちは、どこからどうやって出て来たのでしょうか。ダーウィンは黙っています。啓蒙家たちもみな黙っています。現在の日本の生物学者たち全員も黙っています。

レイチェルの警告—センス・オブ・ワンダー

ここで、レイチェルに戻ります。環境の世紀の幕を『沈黙の春(一九六二年初版)』というショッキングな、また膨大なデータ使用の本によって切って落とした先駆者レイチェル。たちまちにベストセラーになると共に、環境破壊の大役を買っていた沢山の大企業から猛烈な攻撃を受けた一書です。その中の「迫り来る雪崩《なだれ》」という章を、彼女はこう始めています。「いまなおダーウィンが生きていたら、自分がとなえた自然淘汰説があまりにも如実に昆虫たちの世界に実証されているのを見て、おどろき、よろこぶだろう(青樹簗一訳・二〇〇三年版)」。それでは、と、ある人が彼女にたずねました。「あなたもダーウィンのように、創造の神を否定するのですか」。

いいえ、とレイチェルははっきり言いました。「変化・進化・自然淘汰すべては、神の創造の御計画(エコノミイ)の中に入っていたのです」。彼女は、進化・淘汰プロセスの不思議さや、環境と生物の関係の神秘や、デリケート極まりない環境秩序(エコロジイ)を見れば見るほど、ちっぽけな人間にはうかがい知ることの出来ない、無限に神秘不可思議な

「創造神の存在」を感じとらずにいられなかったのです。ですから、多くの人々に「子供を科学好きにするのにはどうしたらよいでしょう」と問われたとき、こう答えているのです。「(頭や実験で)知ることの倍も大事なのは、感じとることです」、感性を深めてやることです、と。つまりは、虫や草や水や土など、ものごとすべてに秘められる不思議な秩序や美しさに驚くこと、センス・オブ・ワンダーこそ大事だと。

どう訳しますか。驚きのセンス？　いいえ、私はこう訳したい、「畏敬の心」と。ああ、すばらしいと感嘆するとき、おのずと畏《おそ》れ(恐れではない)が湧く、観察する自分の小ささに気づく、そしてこれほどすばらしいものが自然発生するだろうか、物質のメカニズムだけで生じるだろうか……すべてはワンダフル。ワンダー。驚きと敬いのこころ。

脳の仕組みやＤＮＡがわかれば人間のすべてがわかる、脳こそこころをつくり出したのだからといった風の現代特有の科学論者たちと違う立場に、立っていたレイチェルはもちろん、科学者に必要不可欠な無数の(たとえば昆虫の環境生態学の)「事実」を一々に調べてゆきました。膨大な(一例はＤＤＴとその影響)事実を集め、環境生態《エコロジイ》の中にくり広げられる事実を見つめ分析して、結論を出していきました。しかし、その結論を彼女は、信仰者・キリスト者・祈る人アルベルト・シュヴァイツァーに捧げた『沈黙の春』の、冒頭にかかげるE・B・ホワイトのことばで表現しています。「人間は、かしこすぎるあまり……自然をねじふせて自分の言いなりにしようとする。……もう少し……暴君の心を捨て去れば、人類も生きながらえる希望があるのに」。

暴君のこころとは「おごり」です。「自分だけが知っている、自分たちこそえらいのだ」とか、「DNA構造の事実・法則を全部知っている自分こそ人間を知る者」とか。「唯脳論学者こそ」とか。こういうおごりこそ、人間の心と知性を「暗くする」でしょうに。「蒙」とするでしょうに。皮肉にも、前述の啓蒙主義・理神論・無神論こそ、「おごる人間・蒙の人間」をつくってしまったことになります。

レイチェルのポイントは――次のようです。一九世紀初めごろまで人間は（どこのだれでも）、環境の中で、環境とつきあいながら、生きて来た。それが一九世紀のちになったら、科学進歩に（少なくも先進国人は）酔って、自分はえらい、宇宙の支配者だと昂ぶって、環境を好みのままに変えることが出来ると思いこんだ。

その結果、つくり出したのは、たとえばＤＤＴ（幸いにもとっくに使用禁止。レイチェルのおかげ）、たとえば強度の農薬。たとえば（大企業と結託したあげくの）発ガン物質を含む「よい化学薬品」。たとえば流れを変えるダム建設等々。めったやたらに使いに使い、つくりにつくったとき、「鳥は鳴かず、春は沈黙した」だけでなく、無生の水までが、生きものたちつまりバクテリアや虫（たとえばマラリヤ蚊）その他と一緒になっての大反撃。一九六〇年代にマラリヤ蚊撲滅祝賀会を催した薬品会社は、七〇年半ばに「色を失った」、以前とはくらべものにならないつよい蚊が現れて、マラリア症状自体も前よりずっと悪くなったから。マラリアと限らない、至るところで、「環境」は暴れ出したのです。

環境あっての人間――まず見つめることから

「コントロール出来る、エコ（ロジイ）を変えることが出来る」とおごった人間を、怒り出した環境は襲い始めて、いまに至ってしまいました。この事実こそレイチェルが指摘したかった「愚」の極み。「自殺行為」なのです。

傲慢な「暴君のこころ」がつくり出す文明と呼ばれるものには落とし穴がある、いや、文明は自分の内部に矛盾をはらんでいる、その矛盾を破局にまで導いてしまわないためには、答はたったひとつしかないと、レイチェルはつよい警告を書き続け、「大げさすぎる」「データ不足」などと化学薬品界などの非難の大合唱を呼びつつなお、もの静かに、事実を世界中の人々の前にさし出してやまなかったのです。

デリケート極まりない神さま手編みの無限の深さ広さ大きさを持つ、いわばレース——環境——を、人間が勝手にあちこちほころびさせて自身もほころびてゆくのを見ては悲しみ、悲しんではほころびを少しでも繕う道をレイチェルはさし出してやまなかった。彼女の写真に、哀愁めいた雰囲気がつきまとうのは、その悲しみのせいでしょう。

彼女の書物は、決して読みやすくはありません。でも、二〇世紀に書かれた名著リストの多くに必ずのる『沈黙の春』の中の、せめて「まえがき」と「明日のための寓話」、「みどりの地表」、「死の川」くらいは、図書館でお読みになったら? そこに出て来る薬品名はもう「古い」。「使用禁止」となったけれど、変わって立ち現れて来ている「暴君の創作品」は、大は生物兵器、小は化粧品や台所用品、はては食品から空気や水まで、そこらじゅう。人間は環境あってこそ、環境の中で環境と共に生きるもの、なのです。環境を「よく主宰するべき使命」を持つものなのです。

詩篇八篇はこう歌うでしょう。「あなたの指の業《わざ》をわたしは仰ぐ……人の子(人間)は何ものなのでしょう……御手によってつくられたすべてを治めるようにと(人間にみこころを留めて下さった)」。

治める=経(世)済(民)。エコノミイ。

環境生態すべての主宰。エコロジイ。
さあ、レイチェルのあとに続いて私たちも、まずは身のまわりから、よく見つめてみようではありませんか。見つめて、驚きを味わってみようではありませんか。そのとき、私たちも「治める者」の仲間入りが出来るかも。

（二〇〇五年四月号）

現代に読む「創世記」

あるとき、歴史学者としても文学者としてもよく知られ、私も尊敬申しあげていた方の全集に次のような文章を見つけて、とても驚きました。「……創世記は神が土を取って(人の)形をつくり、そこに自分の息を吹きこんだとき、人間が創造されたと書いています。いまどき、こんなバカげたことを信ずる人はいないに決まっていますが……」

神の似姿・肖像としての人類

驚かされた理由は三つです。第一は。「土」という一語と「人」という一語の持つ意味を、そのえらい学者がなぜ原語(ヘブライ語)でお調べにならなかったのか。「土(塵《ちり》)」は、ヘブライ語でアダマアです。「人・人間（もしくは人類）」は原語でアダムです。アダムというのはふつう、最初の人間（しかも男）の名と考えられがちですけれど、創世記二章三節では冠詞をつけていますから、人類の意味です。

創造されたのはいつだった？　「先人・人猿」のころ？　直立猿人の時代？　場所はどこ？　いえ、このように考えるとき、創世記の意味も、アダマア・アダムの意味もぼやけて行ってしまいます。なぜなら、「神」とは「いつも、いま」の「存在そのもの」だから、私たちひとり一人もまた、「いま」神の創造の御手の中に存在している者なのです。神とは何で創造とは何かの問いは必ず出るけれど、それはここではさしおく方がかしこい。全聖書ほぼ七〇巻は、その問いへの答えをこそ記すのですから。

さて、第一章二六節と二七節は、人類《アダム》創造の際の、神の特別な思いの深さをも記しています。「われらの肖像として」と。「われら」と複数形で書かれているこの短い文章は、古来、多くの聖書注解学者たちによって「非常に大事な一点」とみなされて来ましたが、創造神はただ一神。でも、善さや正しさや力づよさや、未来も過去も見通す能力や何ものにもしばられない自由や愛と真《まこと》を以て万物を見守り続ける温情などなどを、無限にそなえ持つ神。すばらしいそれら特性の「われら」の「似姿・肖像として」、「人をつくろう」。

つくろうとは、思いと念願。思い・念願とは「内なることば」。神のことばが私たち人間を創造したのです。しかし、「人類創造」に先立つのは、まず環境。光や水や大気や土。次はさまざまの植物、動物。人類は、環境が整ったのちにはじめて創造され、あらわれ出て来たのです。これこそ大事なポイントなのですが、光や水などのどれをとっても、聖書は「神の肖像」と書いてはいない。

たしかに、光はすばらしいもの。「はじめに神は光あれとおっしゃった（ことばを使った）、そして光は出た」。光がなかったら、どうしてすべての生物は生きてゆけるでしょう。どうして植物は育つことが出来るでしょう。光の次は水。生命体すべてに不可欠の水。水は、「ノアの洪水」までは、現代のような恐ろしい災害をもたらすものではありませんでした。ひとえに、すべてを潤す善いものだったのです。水は光と共に、生命あるものすべてへの神のプレゼントだったのです。

人類《アダム》だけが肖像。なぜなら、人類だけが文化を創造し、学問や技術をまじえる文明をつくり出す者。ことばを使って、「かかわりあい」という人間にとって最も重要なよろこびを創造する者。「光あれよ、わたしたち人間の世の中にも光あれよ」と。この一大ポイントを強調するために、「肖像（似姿）」の語を二度もくり返し聖書は書いているのです。しかも、すぐに続けて「大海の魚類や空飛ぶ鳥や、大地の上のすべての生きものを、司《つかさど》る者としての人を」。司るという単語を、現代日本語訳（新共同訳）などでは「支配（せよ、支配させよう）」と書いているため、支配されるのが大きらいな現代人は、「キリスト教は、人が支配する者となることをすすめている」、「だから、一神教はおそろしい」と飛躍してしまいます。

支配とは主宰の意味。司ることです。万物すべてを、それぞれの特性をよく見て、万物全体の中でのハーモニイを善く保って、互いを生かしあって、末長く生きてゆけるように管理《エコノミイ》なさい、というのが元来の意味。つまり、神の創造のエコノミイ（計画）をよく見て理解して、宇宙・地球と呼ばれる「人間の大地（オイコスとはギリシャ語でのエコ、「人の住むところ」）・「人間たちが他のすべての万物と共に住む家」を治《エコノミイ》めなさい、と神に委託された私たち。

創世記を書いた人たち

ここで、私の二番目の疑問に戻ります。すぐれた学者がなぜ、「創世記を書いた人たちはだれだったのか、いつ書いたのか」という大事な点をお考えにならなかったのか。私たちはとかく、「いまどきの」われわれの方が古代人よりずっと賢いと決めてかかります。最近手にしたジュニア向きの科学書には、聖書の創世記（や仏教の書物など）をめぐって、「多分、子どもたちに、人間はどこからどうやって出て来たのと聞かれて、困った親たちがつくり出したおとぎばなしでしょう」とありました。その結論はといえば、「科学時代の科学者こそ、人間がどうやって発生したかとか、人生の謎の意味とかをめぐる真理をハッキリさせてくれる」。そうでしょうか。科学は「今までは隠されていた事実を、少しずつ発見する学問」。真理と事実は違う。真理とは、もっとあたたかい深い、汲みつくせないものと私は思うのです。でも、いまはこのような科学論にふれてゆくことはしないで、創世記の最終編集をどんな時に誰がしたのかを、見てみましょう。

時代については、たぶん紀元前五一〇年〜四六〇年頃にかけて（書くための土台となる史料や伝承は、紀元前一〇〇〇年ごろには一応集まっていました）。ということは、最終的に創世記の筆を置いた人々が、まぶしいばかりの文明・文化の土地で、五〇年も六〇年も囚人として労役にもたずさわりながらすごしたのちの時代の人たちだったこと。

文明・文化の土地とはどこだったのか。いまのイラクです。当時はバビロニアと呼ばれ、「人類の文明文化はそこにはじまる」と二〇世紀の古代文明史家として名高いクレーマーの本に記される土地だったのです。何しろ紀元前二〇〇〇年には、行政組織も都市計画もとっくに整っていた上に、図書館さえ町のまん中につくられていました。もっと古い紀元前三一〇〇年には、現在私たちが高等数学と呼んでいる高度な学問を使い、星の運行を観察しては計算する学問、つまり天文学を使って、いまとほとんど変わらない暦だってつくっていた。大学も研究所もありました。ですから、図書館の蔵書には、聖書の民のほとんど全員が囚人としてバビロニア国に曳かれて行った大事件のスタート点つまり「彼らの都エルサレムを奪って全滅させたバビロニア軍勝利の日は（紀元前）五九七年三月一六日だった」という記録文書さえも入っていたのです。

でも、バビロニア（シュメール文明の地）が、私たち日本人にも、二一世紀にとっても、「大恩人」でありつづける最大の理由は、その土地ではじめて、人類全部にとっていつでも、どこでも通用する、コモン（共通）の法律を文章として残してくれた点にある。ハムラビ法典と呼ばれています。

殺してはいけない。
父母をあしざまに扱ってはならない。

姦してはいけない。
盗んではいけない。
嘘いつわりを言ってはいけない。
他人の持ちものを奪おうとしてはいけない……

「あ、どこかで」と、お思いの読者もいらっしゃるでしょう。そうです、紀元前一七二九〜一六八六年の間にバビロニア王だったハムラビという人物が、即位のずっと以前から人々の間に伝えられていた、「どこのだれにも共通する」法すべてをまとめて、人類最古で最初の成文法とし、巨大な石に刻みこませた中の一部は、そのまま旧約聖書の「出エジプト記(二〇章)」に「神のことば」としてのせられています。言いかえると、「神のことば」は、正しさを求めるすべての人――バビロニア人にも聖書の民にも、他のだれにも「与えられる」。

ともかくバビロニアのような光り輝く文明の土地で数十年を過ごす間に、「聖書の民」の中の教養階級に属していた人たちは、ハムラビ法典の原文はもちろん、バビロニア国のすばらしい科学知識――天文学・数学・地質学などにも接して、驚きながら学びとってゆきました。言語・語学の分野でも、エジプトやいまのパレスチナなどにとっくに生まれ出ていた国際語・アラム語を習い覚えました。ちなみに、この国境を知らないインターナショナルな言語（聖書の民が過去一五〇〇年以上も使って来たヘブライ語でない言語）こそは、捕囚時代が終わってのちほぼ四五〇〜六〇〇年くらい経って、ローマ大帝国内のちっぽけな分州となりはてたユダヤの土地に生まれた、〝ナザレのイエス〟と呼ばれる人の使った日常語です。イエス当時の中近東は、三ヵ国語地帯でした。農夫も貧しい人も三ヵ国語（ギリシア語・アラム語・ラテン語）に親しんでいたのです！

つまり。創世記を完成させた執筆者・編集者たちは、「大昔の無知無学の人たち」ではなかった。バビロニア文明の刺激を受けて、「ものごとを見つめ、考えめぐらせる人たち」だったのです。

「土」の一語が浮かび上がるのは、こんなプロセスを通してでした。第一は先に書いたように「アダマア」。これは聖書の民が古代使っていたヘブライ語です。アダマア（土）を「材料として、神が形づくられたのがアダム（人）」と、まず語呂あわせで遊びました。聖書の中には度々、このような遊びが顔を出します。四角四面の「おまじめ一方」の書物ではありません。

アダマア・アダム——神の息吹

ところで、バビロニアの国土は紀元前九〇〇〇年頃にもはや農耕地とされていましたが、そこには文明史を彩《いろど》り農耕を促す二つの大河が流れていました。チグリスとユーフラテス。理不尽なイラク戦争がつい最近はじまって以来、テレビニュースにも度々出される二つの大河は、農耕民にとってこの上なく有難いと同時に恐ろしいものでもあった。季節によって水が溢れ、洪水となったら最後、農作物も家畜も人間もみな呑みこまれてしまう。

ですから前四〇〇〇年頃から、住民たちは必死で水の研究をしました。どうやったら水を怒らせず、氾濫させず、しかもいのちを養う農作物の土地だけは充分に潤してくれるように扱うことが出来るのか。「治水」という「計画《エコノミイ》」は、こうしてスタートしました。水路を決して人工的に変えないこと。それでいて、水位が上がっても農地や人家を襲わないように、水の機嫌をとりながら土手をつくること。上水下水の道を、たくさんの貯水池と共につくることなど。

水路や貯水池の周辺の土手や、みごとな都市計画にのっとってつくる民家や宮殿の土台には、水に潤される土（泥）が使われました。いちど乾かして焼き、固めた土を板状にして、煉瓦にする。この煉瓦はまた、そこにナイフで文字を――人類最初の文字を――刻みつける「原稿用紙」としても重宝され、やがてハムラビ法典や、人類最古の一大文学「ギルガミシュ」などが書きつけられていったのです。その地に住みつかされた「聖書の民」も必ずや、水に潤され、さまざまな用途目的に使われている泥・土を扱う仕事を、囚人の常として手がけたに違いない。

つくづくと土と泥とを手にとり眺める間に、聖書の民の中の「考えることの好きな人々」は、はたと思い当たったのです。水の乏しい彼らの故郷の土と違い、チグリス・ユーフラテスほとりの土のなんと豊かであるかに。見たこともない数々の穀物や果樹を育てる土、みごとな草地をつくり出す土、その土が養った野菜や穀物を、動物も人間も食べる。食べて消化して肉や骨が育《はぐく》まれてゆく……「みんな、つながっているんだよ」！

人間の体《たい》・からだは、土つまり鉱物が育てあげる植物・動物あってこそ。土も植物も動物も人も同じ素材、つまり無機物有機物の集合体なんだよ。人間とはまず第一に、「神がつくられた他のすべての無生物・生物と共通する体なんだよ」。このことを、彼らは「土」の一語にまとめあげて書き記したのです。アダマア・アダム

「見てごらん。みんな、見てごらん。わたしたち人間は、味方も敵も、大人も子どもも、

土（を素材とする）の体《たい》を持っているんだ。この国に来る途中、砂漠で見たろう、行き倒れの旅人の死体が他の動物のそれと同じように乾いて塵になって行ったのを！　カサカサになって塵に埋まっていったのを。そう、われわれの体のもとは土・塵なんだよ！　草を食べ羊を食べ、植物や動物を食べていばっているけれど、体の素材は同じ。だから、われわれもいつか土（塵）に帰るんだよ」。アダマア→アダム

　でも、われわれと同じ素材の体を持つ動物（や植物や鉱物）の中のどれがいったい、故郷《ふるさと》から連れ去られたことを悲しんで、「竪琴《たてごと》を柳の木の枝にたてかけて、歌う力もなく泣く（詩篇一三七）」だろう、哀しみの歌をつくるだろう、「民の歴史」を書こうとするだろう。眼には見えない、しかし、たしかにおられる至高無限の神への礼拝のために、みなで集まって祈るだろう……。

　そうなのだ！　鉱物・植物・動物と共通する体《たい》を持つのに、われわれには、体《たい》以上の何かしらが与えられている。歌や音楽や文章を考えたり創作したり、人とよろこびを分ちあったり、悲しむ者の手をとってなぐさめたり、いえ、祈りを心に抱いて神を仰《あお》いだり……体《たい》だけ（アダマア）が人間じゃない、何かしら物質でないものが人間には与えられていたのだよ。

だから、筆をとって書きました、もうとっくの昔に民の指導者だったモーセという人が口伝えで書かせていたものと同じ内容を、こと新しく文章にまとめて。「土《アダマ》の中に、神は息吹を吹き入れられた……創造者である御自分の似姿に、われわれがなるように」。「息吹」は「霊」とも記されて、「眼には見えない」、しかし「ちゃんと在《あ》るもの」。こう見てくると、創世記は、「DNAとヒトゲノムがわかれば人間のすべてがわかる」などと言う現代人が考えるほどの、バカらしいおとぎばなしではない、とわかって来るのです。ものごとをよくよく見つめて、考えて、昔からの伝承もちゃんとおさえて、観察と考察（と祈り）をギリギリまで深めて行ったのちに書いた創世記。筋道のちゃんと通る、科学的ですらある書物。われわれに大きな意味を伝えてくれる「現代的な書物」。

執筆者たちは、あれこれ思い巡らせた末に選びました。バビロニアにも、故郷《ふるさと》ユダヤにも、お隣のパレスチナやエジプトにも、当時はやっていた「おとぎばなし・神話風の物語」の文体を。だから、よかったのです。だれにも読める。子どもにも面白い。しかもだれをも、現代人をも考えさせる。いつの時代にも新鮮で、生き生きとして。

しかし——執筆者たちは、どうしても避けて通ることの出来ない大問題にぶつかってしまいました。彼らの時代から数えて八〇〇年も前のモーセも、一三〇〇年（？）以上も前の民の太祖アブラハムも、現代人の私たちも、ぶつかり続ける大問題に。
「光も水も土も植物動物も人の体も、みな善いものなのに、神の息吹はすばらしいものなのに、なぜ災いや憎しみや争いや殺しがあるのだろう? ハムラビ法典は殺してはいけないと書いているのに、それを生んだ文明国バビロニアだって、われわれの国土を踏みにじったとき、無実の赤ん坊まで刃にかけたではなかったか。いや、われわれだって過去、どのくらい敵をつくり、敵を殺したことだろう。あげくのはては悲しみのどん底」、「神とは無限の善ではないのか、創造とは善ではないのか……」。ふと気づきました。「何かが起こったのだ! では、その何かとは何か」。

民の太祖アブラハムこのかた、指導者モーセこのかたの長い体験と考察と、創造主である神への叫びのただ中から、聖書の民はひとつの答をおぼろに見出してゆくのです。でも、答の決定版が与えられるまでには、まだ五〇〇年の余も待たねばならない……聖書とは、数千の単位での年月にまたがる人間体験の歴史書なのです。

（二〇〇五年五月号）

六日目の私たち

読者の中に、キリスト教徒でない方が多くいらっしゃるのを充分に承知しながら、また、おひとりずつの信教や死生観を尊びながら、なぜ私は聖書を――とりわけ第一巻「創世記」を――とりあげるのでしょうか。一番わかりやすい答は、（聖書学の専門家たちには叱られるかもしれませんが）「面白いから」です。

深くすぐれた内容を持ち、しかも長い歴史の試練を経て今日まで生きのび、なおもつよい生命力を保ち続ける宗教書や宗教文学の書物は、聖書の他にも当然あります。一、二の例を出せば。日本人の心情にすなおにしみこむ親鸞の、「本願を信じ念仏をまうさば仏になる」の奥義を綴る『歎異抄《たんにしょう》』。あるいは、近ごろ現代日本語訳が出された法華経の教え。アラー（唯一神）は慈悲であると説く、イスラムのコーランなど。

でも、それらの宗教書は幼い者や素朴な人々にとって面白いとは言えない……ましてや、誦《よ》み手や語り手の次のことばを幼い者たちが待ちかまえるような、「ストーリイ」の連続は、聖書をのぞく他の宗教書にはないのです。

宗教とは人と人、人と神とのかかわりあい

ここでちょっと(いつもの私のくせで)横道に入ります。「宗教」という単語を私は好きではありません。おそらく、各教派のならび立ったころのインドから中国にかけての「宗(派)」ごとの「教え」を意味したのでしょう。ところが、(カタカナが多く西洋語が多い、とつぶやかれる読者もいらっしゃるかもしれませんが)西欧語での宗教 religonは、「宗(派)と教え」を意味するのではなく、「人と人・人と神(人と社会・神と人と万象)の互いの(re)かかわりあい(lier)」といった意味をずっしりと負っているのです。

「互いが互いとかかわりあう」。こうなって来ると、昨年二〇〇四年の婦人之友六月号以降、うれしいお招きを編集部からいただいて、第一回目は「人間の座標軸——コモンセンス」の題のもとに自由学園明日館での講演抄録の形でスタートした連載の、そもそもの出発点に戻ってゆく。

仏教各宗派もキリスト教も、それぞれ違う死生観を持ち、それぞれの生き方の指針を示しながらも「人は救いを必要とする」という一点では共通しています。が、キリスト教は、人間はたった一人で修行して救われてゆくのではなくて（むろん、各人の日々の修行は大切ですけれど）互いが互いとかかわりあい、「共に《コモン》」語りあい聞きあい手をさしのべあうとき、神と人・人と人はひとつ《コミュニティ》となり、救いはそこに目覚ましくスタートするのだと告げます。そもそも、キリスト教は、現代日本人が考えるような意味での「一神教」ではないのです。キリスト教の神（神性を持つ存在）は「孤独なひとりぼっち」ではなくて、「父（源の意）」と「子（父の思いをすべて知る者）」、その「父」と「子」を結びつける「聖書」の三者、なのです。その三者が「唯一の神」。神の内的生命は、したがってコムニオン・コミュニティ。ちょうどひとつの人間性であっても何百万か何億人か、「こころ・思いやり・相互扶助」で結ばれあっているように。コムニオン、コミュニティをつくるように。

メッセージを告げると言ってもキリスト教は理屈をつみかさねて告げるのではなく、聖書はストーリイの形をとる。たとえば発掘の場所に行ってみれば、ああ、なるほどこんなにもはげしく暑い場だったのか、それなら水戦争が起きても当然だったとか、ああ、民の太祖がおそらく西紀前一九〇〇年頃、一族を連れ、神の招きに従って旅立って行ったのはここからだった、明るい海辺の道から荒涼たる岩石砂漠に向けてだったとか、具体的に指し示すことの出来る「民族体験」ほぼ二〇〇〇年余の歴史の形をとって。

聖書は大図書館、一大シンフォニイ

救いとは何かを、急いだりあせったりすることなく、何とまあ、*全六六巻、版によっては楽に二五〇〇ページ余、本格的記述、編集スタートののちの時間だけ眺めてみても九〇〇年余をかけて、ゆっくり記しゆっくり展開し、ゆっくり感じさせてゆく、まことにユニークな書物なのです。

人々の体験をあらゆる角度から、あからさまに書くのですから、恋物語ももちろん入るし、「これが聖なる書物？」と言いたくなるほどの美しい女体の描写も入る、ベツレヘムと呼ばれる冬は冷たい風の吹きまくる小さな村に生まれ、村はずれの野で羊の番をしながら涼しい声で歌を歌っていた愛らしい男の子が、思いもよらぬ導きによって民の国王となり、さては大罪を犯してしまうお話も入る。いちじく畑に働いていたほんとにふつうの若者が、「神の光のもと」ぜいたくいちずに走って、貧しい者をかえりみない社会が自ら招きよせてしまう非業悪運を恐れなく告げる書物もある。

讃美歌一五〇も入るし、哀《かな》しみの歌集も入る、法律の書も入る……そして、「新約聖書」二七巻の中の四福音書に移ってみれば、キリスト（救い主）と呼ばれることになる「ナザレの大工イエス」「喜びのニュース」を中心に彼が選んだ弟子たちの宣教の旅の記録や、各地に散らばる初代キリスト教徒への手紙が入る……全聖書は「まるで図書館だ。人間社会のあらゆる分野にまたがる歩みを六六巻も抱いている大図書館だ」と言った人がいますが、その通り。

（＊読者の中には「新共同訳」をお持ちの方があるかも。これによると全聖書数は七三巻。内容が正しいとか正しくないとかの問題ではなく、六六のかぞえ方は、元来の原文が聖書の民の古代からの言語へブライ語で書かれた書物に限られ、七三巻の方はギリシア語で書かれた「補足分」七巻を含みこむ数え方だから。しかし、六六巻でも七三巻でも、聖書の本質的なメッセージに何らさしさわりはありません）

ほぼ二〇〇〇余年の体験やメモづくりののち、それらをひとつに集めようとして九〇〇年余にわたって、書きつらねられた六六（七三）巻という一大スケールの「体験図書館」のいわば「根っこ」は、ではどこにあるのでしょうか。それこそ創世記。では、しめくくりはどこですか。根っこから生え出てみごとな木となり、やがて意表を突く新しいいのちを吹き出す「新しい姿となった（新しい約束）」聖書のしめくくりの書物は黙示録。世紀九六年頃に書かれました。つまり、六六巻（もしくは七三巻）全部をつらぬいて、少しずつ、「人とは何？　生・死とは何？　救いとは何？　神とはだれ？」という人類永遠の問に答えてゆくのが聖書なのですから、パッとひらいて、目に入った箇所だけにとらわれて「聖書はこう言っているよ」などと言ったら、大変な危険を犯すことになってしまいます。

聖書は図書館であると同時に、管も弦も一切合切動員の上で奏される一大シンフォニイでもある。シンフォニイであってみれば、不協和音が時どきしのびこんでもふしぎではない。要は全体を聞くこと。つまりは「せっかちにならない」。つまみ食い的読み方は通用しない、ということになります。時をかけて、急がずあせらず、ゆっくりと味わい読むとき、初めて善いメッセージの何かしらが読み手のこころに伝わってくるでしょう。

神によってつくられた人間

そのメッセージの中核こそ、「天地万物万象は、神によって創造された」さらにには、「万物万人万象は、いま新創造に向かっている」。じゃあ、創造って何でしょうか。私たちの毎日の体験のただ中に、答はちゃんとかくされています。しかも、創造とは何かへの答ばかりではなく、「神とは何者？」の問への答すらも。

何かしらを――家族のための食事とか、衣服とか、あるいは生活設計図とか、あるいはもっと大がかりなさまざまの製作や耕作なども含めて――本気でつくりたいとき、私たちは何をするでしょう。第一には綿密にていねいに計画《エコノミイ》をたてる。頭もこころも手もフルに使って。創作・創造の意欲が次第に湧きつのって来れば、労苦などは忘れてしまう。そして、いよいよ、「こうつくりたい」と思った通りに善くつくりあげたとき、人はよろこぶ。ああ、うれしい！　よろこぶからこそ、創造したものすべてを大切にする。いつまでも見守りたい。創造する側とされる側との間にはこうして、切っても切れないコムニオン・かかわりあい《コミュニティ》が生まれ出て来る……「神の名」は、したがって「かかわりあい」とそれにもとづく「よろこび」。互いを互いに「見守る」。イコール「愛」。

光や水や大地や鳥や魚や動物（怪魚やマンモスも）を創造するたび、聖書がくり返すのは「神は、善しと思った（よろこんだ）」。それが、人間の創造のときには、「よろこびによろこんだ、祝福した」という最大限の表現に変わります。なぜなら人間《アダム》の創造のときには、他の万物万象と「同じ素材つまり土《アダマア》（肉体）」が使われながらなお、全くちがう、べつのもの――神のいのちの息吹（言語では「風」の意を持つ。現代語の「聖霊」はあまりよい訳とは言われないが）――を吹きいれられて「神の似姿」とされたから。

それなら、人間本来の「名」もまた、神の名に似て「よろこび」「愛」「互いのかかわりあい」そして、「創造」ではないのでしょうか。しかも、創世記以下の聖書は旧・新ともに度々、神の永遠性を書くのですから、そのいのちを吹き入れられた人間もまた、物体《アダマア》（土）の法則をはるかに超える永世に招かれているはずでしょう？　人のいのちの尊さの理由は、創世記の一章二章に、おとぎばなしの形をとって一切合切書きこまれているとさえ言い切れる。

べつの表現で言えば、人ひとり一人はなぜ尊いのか、それは人が、神のいのちの似姿だから、そしてまた、神います「天（目に見えないリアリティ）」と、さまざまの物体や生物たち、つまり「地」の間に、天と地をつなぐ役目をおびて立つものだから。天と地をつなぐ者だからこそ、地上や水中空中のすべての生きものを「よく管理なさい」。「いのちを持つすべてのものに食べものを与えなさい（創世記第一章二八〜二九節）」。言わずと知れて、人間互いの間でも食べものを分けあいなさい。「それは……第六の日であった（一章三一節）」。

六日目を生きる私たち

しかも！　動物や人間すべてに与えられた食は、木の実や青草、つまり草食だった！

苦しませ血を流させる肉食ではなかったのです。「あ、あの人間は私たちを狩りに来たよ、逃げよう」と野のけものが恐れおびえることなく、また人間の側も「この間、われわれが追い払った復讐に、野牛の群がおそって来る」などと恐がることもなかった。疑いあうことも知らず、みなが互いにかかわりあって、ひとつのすばらしい秩序をつくり出していた――楽園とは（聖書はエデン・エディヌ、よろこび、または庭と書く）「恐怖のない状態・コミュニティの状態」だった。木の実も草も水も、みなコモン。このコミュニティのまん中に「よい管理人・人間《アダム》」が立っていた……

何千回も読んだこの箇所を読み返すたびに、私は涙ぐむほどの感動をおぼえます。そして、われら人間が「失ってしまった楽園」への郷愁を感じずにいられない――いま、どこに食の公正な分配がありますか、どこに恐怖や憂いのない国がありますか。じゃあ、神の人間創造は失敗だったのでしょうか。私たちのちっぽけで短視眼的物の見方からすれば失敗と言えるかも。ものごとを見て考えて選ぶ力をいただいているのに、「的《まと》はずれ（原語での「罪」とは的はずれの失敗を意味します）」ばかりやってのけて、神の愛の創作品をさまざまのいのちもろともめちゃくちゃにし続けて来た人間であろうとも、ひとたび創造した以上、神は決して見はなさず縁切状も突きつけない。愛とは（人間的尺度から見れば）愚かなものなのです。

楽園をもういちど。でもあてがいぶちにではなく、「人間の名において」再創造・新創造させたい「愛の計画《エコノミイ》」の具体的なスタートが、創世記一三章からの「旅立ち」のストーリイ。そして「人間の名において」その旅を完成させる再創造者こそキリスト・イエス。そう、私たちはいま六日目の、多分、夕方くらいの時間を生きているのです。この「六日目の私たち」に向かっても、神は——ほら、聞こえませんか、こころの奥底にひびく声が——「身辺に公正と友情を、互いのかかわりあいを、日々築きなさい。委《まか》せられている空気や大地をいとおしんで、善い管理人になっておくれ」と、乞うがごとくに呼びかけ続けていることを。

でも、的はずれの人間どもがむざむざ奪ったいのち、とりわけ人のいのち無慮何兆億は、どうなったのでしょう。あわてず急がず聖書は告げてゆく、「奪われっぱなしではありません。ひとつひとつのいのちには意味があるから。神にとっての大切な意味があるから」。ポイントは「神は死を創造《つく》らなかった」！（知恵の書一章一三節）「いのちだけを創造った」！　でもいま、そんなところに飛ばなくてよいでしょう。「六日目」を、ていねいに大切に生きてゆけば、おのずと答はさし出されてゆくかも。

（二〇〇五年六月号）

1976 July 6.
石
July 7. 9.30 a.m.
July 9
July 9. 2.30p.m.
白いところは光っている
かもしかを6頭見たところ
同じ地点
40cm × 20cm位
July 9
10 a.m.
8cm×6cm

筆者のスケッチより

光る若者たち

全部で三二ページの小さい冊子（右）が届きました。差出人はマケドニア国在住、バルカン半島を抱きこむ東ヨーロッパ全体の難民青少年少女支援組織ＪＲＳ担当、一九九二年このかたの最も親しい友人のひとりＫ神父です。

少年少女たちの手紙

腕のない少年の表紙——明るく笑って、木登りをしている少年の足もとに、冊子の題は書かれています。「対人地雷を生きのびて」。副題は「ボスニア在の地雷被災少年少女の記録」。記録は一四あります。それに先立つ「対人地雷撲滅インタナショナル・キャンペーン」の「被災青少年少女代表大使」のメッセージ。大使とは二〇〇五年現在、二二歳になったカンボジア女性、ソン・コサルさん。一〇歳のとき、地雷のために身障者となりました。一二歳のときにはウィーンの国連事務所に、一四歳のときにはオタワに招かれて出かけ、次第に対人地雷を地球上のあらゆる土地からなくすキャンペーンの中心人物になっていきました。次に行ったのは、対人地雷撲滅に半生を捧げたJ・ウィリアムズとT・シャナレスにノーベル平和賞が授与された際の、華々しいオスロ会場でした。

私がいま手に持つ冊子の中でソンさんは、熱っぽいアピールを書いてはいません。「地雷を地球上からなくすため、一人ひとりのこころの中からも(人を傷つける地雷を)なくすため」、いくつかの「小さなヒント」を書いているだけ。被災者としての体験からおのずと湧き出たヒントの中のふたつは、とりわけ私の注意をひきました。

……毎日、五分間、静かに自分のこころを見つめてみたら?

……毎日、「和」を生み出すのに役立つ何かしらを、ひとつ実践してみたら?

そんな彼女の静かな文章に続く一四人の手記――クリスチャン・イスラム教徒とりまぜ

の（注・ボスニアは過去に五〇〇年もの間イスラム・トルコに占拠されたあげく、住民の過半数がイスラムに改宗「しなければ生きてゆかれなくなった」。いわゆるバルカン半島の複雑な歴史の根っこはそこにあります）少年少女の手記もまた、明るさと屈折のなさで、私のこころをゆさぶりました。

ティムカという名の、二〇歳になる女性の一文を見てみましょう。眼の涼しい人。写真で見る限り、おしゃれです。対人地雷を踏んでしまったのは、一九九五年でした。九州ほどの大きさのボスニア地方をまん中にして北から南に伸びるバルカン半島の内戦内紛が、ボスニアの首都サラエボの完全包囲というドラマをはさんで燃えたぎっていた最中。彼女が地雷を踏んで左足半分を吹き飛ばされ、右足の神経もやられてしまった同じ日の同じ場所で、彼女の母も被災しました。しかし彼女は地雷を踏んだときのことや、激しい苦痛などについて何も書いていないのです。書いているのは、二〇〇〇年に中学を無事終えたのち、コンピュータスクール（犬養基金が設立した）で学び、将来の自立生活に備えはじめたこと。ひとつのメッセージを、戦争とりわけ地雷によって傷つき身障者となった人々に対して持っていること。

それは、戦争の結果、どんなことが身に起こっても、「起こったことをありのまま受け入れる」。身障という事実と「和解する」。和解したときこそ、一番大事な、未来を開く一歩を踏み出すことが出来るから。「足や手や眼を失おうとも、その事実を受け入れた時、今後の人生に向かってしあわせに歩み出すことが出来るのよ。不運に出遭ったのは自分だけなんて思ってはダメ。世の中には、いくらでもすばらしい善いことがあるのだから」。「多くの友だちといつも一緒にいるようにと、私は言いたい。たったひとりで家に閉じこもってはいけないよ。友だちをつくってゆく間に、自分の不幸を忘れて、しあわせを見つけることが出来ると、私は知ったから。いつも、にこにこしていましょう。最後にひとつ。被災しなかった方たち、被災して身障になった人たちを支えて下さいね。さあ、未来への愛を！　ティムカより」

次の手記。書いたのはエルミンという名の、現在二一歳になる青年です。一三歳のとき（一九九七年）、「内戦のため荒れはてたわが家」のすぐそばで対人地雷を踏んでしまった。「最初は雷に打たれたと思った……ぼくの双生児兄弟が走り寄って、靴の紐をほどいて、めちゃめちゃになった両足と両腕を何とかひとつにくくりつけてくれた……となりの人たちが救急車に、さらに病院のある大きな町ツツラに運んでくれ……右足が切断されたのは、その夜、ツツラ病院でのこと……肺の中は血で一杯。全身に一七のひどい怪我があった」。三つの手術を次々に受けたのちの冬、「とてもつらかった。だって学校にゆけなかったもの……そのあと支援組織JRSのおかげでイタリアに、腕と手を治す手術を受けに行った」けれど、二〇〇〇年には、「中学を好成績で卒業出来たし、『ボスニアの子ら』という身障者(地雷被災者)のバレーボール・チームに入ることも出来た上に、ぼくたちのチームが、なんと昨年、全ヨーロッパ選手権ゲームで一位！　だから今年は世界選手権大会で優勝する。ボスニアのために！」

対人地雷の威力

対人地雷とは何なのでしょうか。いつごろから製造されるようになったのでしょうか。アメリカのノーベル賞受賞作家スタインベックの小品集の中に、私がつよく魅せられて時折読み返す『月落ちぬ』という作品(邦訳は多分ない)があります。舞台はおそらくデンマーク。ナチドイツの怒濤の進軍によって完全占領された土地。一九四二年早々の嵐の夜、決死の若者二人が小舟を操って、対岸の「まだナチにやられていない」スウェーデンにSOS依頼に出かけました。

数日のち、子供たちが空から静かに次から次へと降って来る「羽がついている(?)」小さな「風船」みたいなものを畑や庭や到るところに見つけ出した。見たところ、とても愛らしい。何だろう、何だろう。みな走ってひろってみたらメッセージと小さなチョコレートと小さな石のような「何か」がひとつ。「この石みたいなものを、おとなにすぐ渡しなさい」。子どもたちはもちろんチョコレートをよろこんで食べたのち、親たちに「石」とメッセージを持って行った。こう書いてありました。「ミニ地雷です。タンクや軍隊相手にはなりません。でも、鉄道のレールをちょっとこわしたり、敵兵の足をちょっと傷つけたりは出来ます。レジスタンス用に使って下さい」。

ああ、嵐の夜、漕ぎ出て行った二人は無事だったとみな安心して、さっそく使ってみました。橋桁やレールはちょっとした操作でこわすことが出来た……風に乗ってあちらにもこちらにも音もなく降るのですから、占領軍ナチの兵の手にも入り、すぐに指揮官たちに見せました。「ああ、これは」と驚いて、「心理作戦だ」。ミニ地雷はあまり小さいから草むらにも木の根元にもひっそりと。その日から彼らは、どこで爆発するか全くわからないミニ地雷のために、おちおちしていられなくなったのです。

私が身にしみて「現場体験」でミニ地雷・対人地雷のこわさを知ったのは、一九七九年以後のことです。世紀の悲劇のひとつと呼ばれて、虐殺された人の数は百万とも二百万ともだれも知らない、カンボジアのあの大苦難の時。「人殺しのための訓練を受けた」少年兵（ポルポト側です）を逃れて、ジャングルをさまよい逃げる、子供を含める人々の足もとにバラまかれていたのが対人地雷だったのです。何百何千の幼児たちが、むろんおとなも吹き飛ばされて行ったことか。

だれが、どこでつくる？　一例を出します。ほんとの話。ある国のある工場。工場の内部は二つに分れ、片方では対人地雷をつくっています。私の手の平にすっぽり入ってしまう大きさで、種類はいくつもありますが、一番「大衆向け」なのは三つ。最近はセンサーで動く「モダン」なものも入った。製造技術はおそろしく簡単、だから工場以外の場所でも、ちょっとした材料と製作法を知っていればつくれる。製造費用は大量生産となると、せいぜい一、二ドルというのさえあります。だれがつくる？　ソ連崩壊このかた、軍隊の職にあぶれた旧東欧共産圏やカンボジアその他の貧国のおびただしい「旧兵士」たちを中心に。軍隊で見ていたから、ほんの少しの「勉強」でつくれます。兵役がなくなった兵士たちは貧しく、ひどいケースでは一ヵ月働いても働いても三〇ドルくらい。一ドルの材料費で、三ドルでも五ドルでも売れるなら。買手はいつもいるのなら。

さて、工場では仕切りのこちらで地雷をつくって、向こうでは「義足・義手・義眼等をつくる」。大事な点は、こちらと向こうでつくる製品を、必ずワンセットで売ること。お客はいくらでもいるから、もうけは大きくて「笑いがとまらない」。この悪魔的工場について、私は『一億の地雷ひとりの私』（岩波書店）という本を出しています。それから一〇年、事態は決してよくなっていない。少々希望が出て来たのは、ソンさんのような人たちによる世論の盛り上がりが、二〇〇四年からの「五ヵ年計画・地雷撲滅条約の実践プログラム」となり、国際的に採択されたこと。

では、対人地雷のいまだに撤去されていない分は、ボスニアだけに限っても、どのくらい？　だれも知りません！　やはり体験記を書いている一三歳の少女セルマは家族で花を見に行った草原で、アドナンという少年は九歳のときになんと「わが家の庭で」足や眼や手を、「みごとに」吹き飛ばされているのです。だれが、いつ、その庭にしのびこんだのでしょうか。一九九二年から九九年まで、私が「対難民少年少女教育プログラム」でＪＲＳと共に働き、バルカン半島全地域を歩きまわった頃、正規の戦争は終わったのに、大使館からいただいた注意書には、「美しい林や草原はこの土地に多いけれど、林の奥などに決して入ってはいけない。地雷多数残留」と書かれていました。

多数？　おそらく百万単位。いや、もっと。農地に、放牧場に、人家の庭に、川辺に、河の底に。「どこかにひとつあるかもしれない」と言われたら、あなたはその畑や林、牧場に入りますか？　いいえ。だから、昔はゆたかな産物をもたらしてくれた牧場農場は手つかず。牧畜も農業も出来なくなって、収入がない。むろん地雷撤去作業は各地でずっと続けられているけれど、一個せいぜい二ドルでつくられた地雷を一個とりのぞくのに、さあ、二〇ドル？　五〇ドル？　一〇〇ドル？　いまは撤去用のすぐれた機械もできたけれど、今度は「そういう機械を地雷とワンセットで売る」商売さえ出て来る可能性。創造神の善い似姿として創造されて、すべての生物を主宰せよと委《まか》された人間なのに！

でも――いったいどうして「対人地雷ブーム」が生じたのでしょう。国内不穏がつくり出す政党・民族部族間対立などの際に、これほど手軽に安上がりでしかも効果よく、敵方の力を弱めてゆくことの出来る兵器は、少くもいまのところ、他にはないからです。「この土地のどこかに一個か二個埋められているんだってさ」と、うわさを流して恐怖をあおりたてれば、酪農や牧畜にどれほど適した土地であっても、人はそこで働かない、家畜の放牧もしない――経済は少しずつ、しかし、たしかに減退してゆきます。

主目標を青少年少女に絞る点でも、対人地雷の「効果性」は高い。なぜなら、足や手や眼を傷つけて身障者を多く「製造」してゆくなら、その国の力は「弱くなるにきまっている」。「未来をこそ断つ。未来志向のかわりに、恐怖と恨みと悲しみを若者たちの心中に刻みつけてゆく」のが、地雷を世界中のあちこちに何百何千万の数でバラまく人たちの狙いなのです。彼らは成功しているのでしょうか？

自分に閉じこもらずに

ティムカやエルミンが言うように、「世の中には美しくすばらしく崇高な善いものもいくらでもある」。崇高なもののひとつこそ、彼らの手記なのです。「前向き思考」。「未来開拓の実践」。地雷に体の一部を吹き飛ばされても、いまだ貧しいボスニアで、恨みつらみの一片をこころに抱かず、現実をしっかり受けとって、いつも前へ。未来を拓こう、友達をつくろう、被災体験をバネとして戦争のない明日をつくろう。自分に閉じこもらず、「地雷のかわりに、しあわせ製造人になろう」。

彼らは正しい。聖書的な意味での地獄とは、「自分ひとりに閉じこもってしまうこと」を指すからです。人間は閉じこもるかわりに、友人や他人や社会や自然や神に向けて、自分を大きく開くことが出来る。ここにこそ生の意味はある。「人はひとりでいるのはよくない（創世記・二章一八節）」。「他の人たちの間に友を見つけて、互いの文化や立場のちがいをも理解しながら、戦争や地雷を含める武器製造などという〝生の破壊の大罪〟と〝死の力〃に、みなで一緒《コン》に勝ってゆこう」。人間の本性は「社会的存在である」からです。

私がバルカン半島で一九九二年このかた出会い続けたおびただしい数の地雷被災・青少年少女たちのメッセージは、いつもそれだったのです。彼らの他にも、急いで古タイヤ使用の車椅子製作法を習い、国連軍の許可をもらって、現地に次々と入って来ていた各国の青少年少女ボランティア。連日、砲弾が撃ちこまれ、どこかで地雷が炸裂する、子どもがやられ、大人も殺され、食べものは底を突く、電気はない、水も乏しい、そんなところで車椅子をつくっていた若者男女の笑い声と真剣な眼つきを、私は忘れることが出来ません。

無数の砲弾をつい最近受けたばかりのガレージの一隅は、ぱっくりと暗い口を開けていたけれど、若者たちの顔や背や忙しく動く腕にはあの日、中秋のバルカン半島を特色づける、冬の予告の冷たさを抱きこみながらも強烈にさしこむ名残りの太陽の光条がめざましく踊っていました。いまは東欧・東南アフリカにもオープンしたミチコ・コンピュータスクールは、バルカンでまず「電気の使える場所をさがすこと」からスタートし、いまは衛星使用で、富国の大学や技術スクールのプログラムも無料で「寄附してもらい」、青少年少女の「明日」をつくろうとする「協同《コン》作業」なのです。

暗黒と光。暗黒は光に勝つことはない。光ある間に光の中を歩こう——いまだに眼にのこる、あの日のガレージのシンボリズムの、なんと意味深かったことでしょう。

（二〇〇五年七月号）

犬養基金により開設されたコンピュータスクール。主任のジャホヴィッチ神父と企画・会計主任のデキッチさん。
（2000年・マケドニア・スコピエ）

六日と七日の間
――傲慢・憎しみ・殺人・戦争

「土《アダマ》を以て、神は人《アダム》を形づくり、自分自身の霊（息吹《いぶき》）を人に吹き入れて、自分の似姿にした……他の生物・植物・鉱物すべての主宰者とし、自分たちも含める生きものすべてに、木の実や草を食物として公正に分けさせた。神はよろこびに満たされ、人も動物もみな満ち足りて、楽園に住んでいた」。神は人に、すべての木の実を食べてよい、たったひとつの木をのぞく他のすべてを、と言った。こころは「神のことばを大切に聞く限り、思いのままに生きてゆけ」。「それは天地創造の六日目に当っていた……」（創世記一章及び二章のレジュメ）。

六日とは何を意味するのでしょう。大気圏外大宇宙の星の運行や、顕微鏡でしか見られないＤＮＡの構造など万象の、創造の第六期目と解してもよいけれど、私の考えでは、七という「大完成」を意味する大事な数がすぐあとに続くことの示唆。聖書と限らず東洋の古くからの伝統もまた「七」の数を尊びます。なぜ？　七を分析すると、四と三になります。四は、東西南北の四方つまり全世界全天地。三は天・地・人あるいは、人の知性と意志・感性・からだの三つ。知性と意志つまり選択力（その源は「良心」と呼ばれて万人共通）は、神の息吹を吹き入れられたからこそ。他の動物とは「質的」に全く違う、「神的な尊い存在」。

的はずれは傲慢・やっかみから

ところで。神は、七日目の安息日には入《はい》れませんでした。それどころか自ら人となって、次から次へ的はずれをやってのける人間たちを救う大業を自分に課した。この大業を「人間の名において、人間に花を持たせて」やりとげたのが、キリストの称号を受けることになるナザレのイエス（人間史に入ったときを、クリスマスと呼びます）。

じゃあ、的はずれのスタート点は？　いま現在二一世紀にも、的からますます離れ去る悪業をやり続ける人間の、愚かさのはじまりは？　良心の声というものを、ちゃんと頂いているのに、「どの木の実を食べてもよい。たったひとつをのぞいては」の、神のことばにひっかかったのが最初と創世記は告げます。蛇が登場するのはこの個所です。蛇は音をたてない。どんな隙間からも滑りこむ。実際に蛇がいたわけではない。聖書的シンボリズムです。この「蛇」が近づいた相手はアダムの伴侶、同じ人間性を同一に分け合いながらも、心情の面でずっとデリケートなエバ（意は、いのちを生み育てる者）だった。女性だった。蛇はエバにささやきます、「神のことば？　聞く必要はない。地の主宰者とされたのだから、アダムよ、エバよ、（人間全部の意）。おまえたちはえらいのだよ」。

創造され愛され委《まか》せられ、神のことばたったひとつを聞く限り何をしてもよいと言われたことを無理にも忘れ去ったとき、何千何万かの楽園の木々は見えなくなって、禁じられた一本だけに眼が行った。禁じられたからには、すばらしくよいものにちがいない……神に独占されてはイヤ。自分もほしい。次第に自分の欲望こそ至上と思いはじめる。傲慢《ごうまん》と呼ばれるおそらく最大の的はずれ（旧約聖書原語のヘブライ語での「罪」）が、神の似姿の人間たちの歴史に入りこんだことになります。

創世記は、細部《ディテール》には入りません。でも、私たち一人ひとりのこころの一番奥を勇気を以て正直にのぞいてみれば必ず見つかるのが、スケールは小さくても「エバの罪」そっくりの、自己中心主義《エゴイズム》への傾きなのです。身近な例では。自分の服よりちょっとすてきな服をつけた人を見るときや、自分の子より少しよく育てられていてよく出来る子を見るときなど。自分の国よりつよくなりそうな国を、政治家や軍人が見るとき等々。「傲慢」の自分中心主義とやっかみは昂《こう》じると同時に、恐怖にまで化けてゆく。他人へのやっかみは、ほんとのところ恐怖心とワンセット。だから「恐れるな」の一語が、旧約・新約聖書を通してくり返し出されて来るのです。「やられては大変だ!」はてしない諸悪は、音もなく各人の心中に育ち上って、少しずつ人間をひっぱってゆくのです。

これに歯止めをかける一番の療法は、すべての病気(悪)の場合と全く同じ。兆しがあらわれたと思ったら、すぐ手を打つ。各人のこころの奥にちゃんと置かれている良心に聞くこと。「胸がチクチクするんじゃない?」と、幼い頃の私の、ちっぽけな、しかしほんもののやっかみなどを見たとき、必ず母は言ったものです。

的はずれをやってのけないためには、恐れないためには、キリストの山上の説教の八つの教えを、毎日毎夜、何百何千度読んでも「これで十分」の境地には達し得ない。八つはまず、「こころ貧しくなれ」ではじまる。つまりは、エゴイズムなどで一杯になっていないこころ。高慢から解放されたこころ。(注・貧困とは全くべつのもの。聖書は貧困へのわれわれの責任をさまざまの角度から書き続けます。それは人間を人間の尊厳以下の惨にひきずりおろすだけでなく、二一世紀のいま、おびただしい数にのぼる貧困地の惨のほとんどは、富国のおごりと欲のエゴイズムによって、つくり出されたものなのです。全人類の四分の三に当たる人々の必要不可欠な水や食糧を、四分の一以下にしかならない富国人が、奪いとる現状。グローバリゼイションと呼ばれる経済政策の「裏の顔」が、そこにはあらわれ出ているのです）。

しかし、こころは「実践実行」と呼ばれる表現を必要とする。ほんとにこころ貧しくなりたいならば、実際の生活でもちょっぴり「貧しく」なって、一円でも五円でも、貧国の人々の食卓のために貯えるようにもなるでしょう。缶入り飲料などのプルトップを二年か三年貯えて、ＮＧＯなどを介して貧国に送るなら（送料は自腹で）ほんとのはなし、簡易クリニックの建物と身障の若者たちが働けるリサイクル施設がフィリピンの貧村で出来てしまったのです！　右から左に棄ててよいものは、実はほとんどないのです。

人を殺すとは、人でなくなること

さて、神のことばを斥《しりぞ》けてのち間もなく。人類最初の殺人さえおこなわれてしまう。双生児兄弟の兄カインが、弟アベルへのやっかみに駆られて殺してしまう物語。

弟を殺した直後のカインに神は問います。「アベルはどこにいるのかね?」。この時のカインの答を読むたびに、私は冷たいものが背にあてられたような気になります。似たりよったりを私も過去、少なくも心中でつぶやいたことが確かにあると気づかされて。「アベル? いったいわたしを弟の保護者とでもお思いなのですか? さあ、どこにいるか、わたしの知ったことではありません」

この個所の前後に、創世記は、みごとな人間分析の一語をヘブライ語で出しています。ロォベス、訳せば「うずくまる」。人間相手には決して使われない単語。けものにだけ(動物というよりむしろ、けもの)使われて、獲物に飛びかかる前、じっとうずくまる姿勢。「気をつけよ、カイン。お前の前には知性も判断力もないけものがうずくまっている。斥けて、人間らしく、判断せよ。おまえは選べるのだから——弟へのやっかみと憎しみのかわりに、理解と和解を選ぶのも、けもののように飛びかかって殺す方をえらぶのも」。しかしカインは、「うずくまるけもの」を選びとってしまいます。神の似姿の人間ではなく、獣性の方を選んだのです。

このストーリイの意味は、途方もなく深く重い。「すべての殺人は、ナイフや斧(その他)での一対一の殺しも、大量破壊兵器による何十人何百人相手の殺しも、人が自ら選んで、人でなくなること」！　戦争を悪・大罪とする思想の根拠はここにあります。

しかし、ナイフや刀など一対一での殺人の際には、殺す方には「人を殺《や》った」意識がある。いつかこの意識は、悔いに変わるかもしれません。近世までの諸国諸地での、殺人（戦争）は、原則として職業武人や、殿さま王さまの「庇護を日頃受けている」農民漁民の、「恩返し的な」「サービス」としてのものでした。

ところが、科学・化学が「的をはずれて（本来の「人間のため」の目的から逸脱して）」、次第に洗練された兵器・武器となり、近代国家もろもろが、あさましい軍備競争時代に突入するにつれて、人は「人を殺す」自覚を失っていきました。爆弾や毒ガスは、ナイフや斧で人を殺すときの手ごたえなしで、大量の敵を殺すことが出来るから。

武器の対象《ターゲット》も、もはや職業軍人・兵士ではない、子供を含める一般市民となってしまった――この点に近代兵器の極悪があるのです。この悪が頂点に達したのが一九四五年、はじめて使われたヒロシマ・ナガサキへの原爆です。あの朝、原爆を積んだ飛行機を操縦していたアメリカ人は、自分が投下ボタンを押したら最後、数十秒のちには十何万人という数の職業軍人・兵士でないふつう一般の人々が、少年少女・幼児・老人・病人すべて含めて、皮膚をペロリとはがされ焼かれ、もだえ苦しみ、あえぎながら死んでゆくことになる自覚を持っていなかった。

のちに、第二次世界大戦の連合国のひとつだったイギリスの、当時の首相チャーチルは『嵐、近し』という回顧録の中で、「『人間の戦い』というものは、あの日の原爆以後、もはやなくなった」と、戦い自体への批判をも含ませながら、書くことになります。

別の言い方をするなら。「ヒロシマを、ナガサキを忘れるな」は、「日本国が唯一・最初の被害国だから日本人として忘れるな」という狭い意味ではないのです。人間が、人類が、これ以上の「けもの」にはとうていなれないほどの極限に達してしまったという、広義に解釈されなければならないと、私はつねづね思っています。

ちょっと一足跳びになりますが、いま、敗戦後六〇年目。ヒロシマ・ナガサキのおびただしい被災者の言語に絶する苦しみの死があまりにも高価な代償となって、日本国が新しい道を踏み出すため、一九二八年の「パリ不戦条約」を参考として起草したみごとにも人間的な、誇るべき日本国憲法いわゆる平和憲法を、なしくずしにするかの動きが活発になって来ています。この大問題もまた、憲法とりわけ第九条が「改められてしまったら、またしても、日本国の、わたしたちの子どもは徴兵され、戦場に送りこまれる……」といった風の日本国中心主義の観点から議論すべきではない、と私はかたく信じています。

「でも」と言う人は少なくない。「北朝鮮の不気味さを見よ、自衛権も集団的自衛権も必要なのだから」と。いいえ、必要不可欠なのは、いまこそ外交力です。外交とは「武器を使わず、人殺しもしない戦争」とも呼ばれて来ました。ことばと論理を以て。まずは意見や立場のちがう相手に聞き、相手のたどった歴史も一応頭に入れた上で心理状態を読み、相手を理解しようと努めた上で、日本国（総理個人の、ではなく国家）の立場もはっきりさせて妥協点を見つけてゆくこと。悲しいことに、いまの日本に外交力はない。

こういう「外交の基本」がないからでしょうが、ひとたび同盟国相手となったとき（いまの日本にとっては、まっさきにアメリカ）、卑しいほどに従ってしまう。「守ってもらっているのだから仕方ない」と言う人は多いけれど、まず同盟（国）とは何かを考える。友好の間柄でしょう。互いの国の利害ももちろん入ります。ほんとうの友好であったなら、友情をこめる外交力を使いに使って、「あなたの考えには、この一点で、あの一点で、賛成出来ない。なぜなら……」と論を尽くすはず。同盟とは追従ではないのです。

平和を生きる――人間にふさわしい困難

では――ヒロシマ・ナガサキの惨にまで、むざむざと日本国をひきずってしまった序曲は、どこにあったでしょう。当時「列強」と呼ばれていた先進国と肩を並べたい意欲と同時に、東南アジア諸国が次々と先進国の植民地にされてゆくのを知って、恐怖のあまり眠れなかったというはなしを、明治初期を政治的につくった人の曾孫から聞かされたことがあります。植民地にされるよりはむしろ、こちらが出て行って植民地を持つ「帝国」になろうと決心した、とも。そういう野望のために立ちふさがるのが米国、英国とわかって来るにつれ、日本は満州や北支に侵攻すると共に、ナチのドイツと手を結ぼうとしたのです。しかし、一般には知られていないけれど一九三〇年代、「ヒットラーなどと手を結んだらひどいことになる」、「いのちとりの道を日本は歩いている」とはっきり、身の危険もかえりみず政府や軍にも提言しつづけた勇気と洞察に満ちた人々は、あの頃の日本にもかなりいたのです。中のひとりは、あの難しい時代に駐米日本大使を務めた斎藤博。「いのちとりの戦争」を何としてでもやめさせることこそ自分の使命と確信して、日本政府には知らせずに、苦心の限りを尽くして「日米協定案」というものを、和文英文両方で書き、アメリカのローズヴェルト大統領にまず送った。

アメリカは、大統領は、その案を採《と》ったのです。斥けたのは日本だった。軍国主義一色に染められて、ひたすら「けもの道・戦争への道」を走っていたから。落胆と悲しみと、草稿づくりの大労苦のせいで、斎藤博は吐血をくり返すようになり、赴任地で死を迎えることになります。彼の外交力と見識と人柄に魅せられた大統領が、遺骨を日米両国旗で包み、米海軍の駆逐艦にのせて丁重に日本に送り返すという尊敬に満ちた「異例」をおこなったのが、アメリカが日本に対して示した戦前最後の友情でした。斎藤博は、私の伯母の夫でした。

ヒロシのようになる、なりたい、といつも思っていた私は、父からも母からも、アメリカに戦争をしかけたら大変なことになると言われ続けて、必ず惨敗に終わることを知っていました。「蛇にたぶらかされて」けものになり下がり、ヒロシマ・ナガサキでやっと目覚めさせられて無条件降伏をすることになるまでほぼ五年もの歳月の、最初のスタート点のもうひとつにも、私の近親「おじいちゃま」(編集部注・犬養毅氏)が立っています。一九三二年五月一五日、「シナのもの(満州と北支)はシナに返せ」と軍部に楯《たて》つき続けた彼は、憎まれ脅され、とうとう首相官邸で陸海軍士官たち九名のクーデターのもと、殺されてゆきました。これら二つの挿話を、私は個人史として書くのではありません。

何か起こる、おじいちゃまはいつ殺されるだろうと、子どもごころにも案じ案じたあの頃に一脈通じる「イヤなもの」の何かしらを、この頃の日本国の政治の流れのあちこちに感じるからです。その流れは、憲法をいじくる動き（憲法改正）と抱き合わせです。具体的には、個人情報保護法と有事法制。

個人情報を守ってくれるのだからよいに決まっているなどと簡単に考えては駄目。同じ名称の条例は、祖父が最後の政党内閣組織の仕事を、死ぬ覚悟で受けて首相就任直後に遺言を書き改めた頃も、祖母が私たち子供を含める家族全員の喪服を早々と注文したときも、実はちゃんと政府と軍部によってつくられていたのです。この法案が有事法条例とワンセットにされたとき、当然の結果として、各人の思想・思考の統制という恐ろしいものが生まれ出て来た。勇気のある編集者が、ほんものの愛国心から、軍独走の日本国の実状に苦言を呈して投獄され拷問され殺された横浜事件も、クリスチャンへの脅しも（聖書はとりあげられ、キリストと天皇とどちらがえらい？　少しでも「疑わしい」とき、尋問と拷問もおこなわれた）、みな思想統制の産物なのです。統制されたのちの人々は、流されてしまうか、しょっぴかれるか。

ものごとを、出来るだけ広い視野に立って、自分の眼とこころと知性を以てよく見て、自分の考えを創造してゆき、その上で、だれからの強制も受けずに、正しいと確信した道を、意志力を以て進むという、まことの人間らしさは、思想統制をおこなう国（独裁国と名づけられる）の中で、少しずつ息の根をとめられてゆくのです。

思想統制をおこなう国は例外なく、仮想敵国または仮装悪人どもをでっちあげて、国民のこころと眼をひきつけようとする。ヒットラー登場後のドイツにとっては、ユダヤ系の人々（「ユダヤ系抹殺」以前に、ヒットラーの狂気の「思想」にとって邪魔になるクリスチャンが一五〇万もの数で曳《ひ》かれ、消されて行きました）。あの頃の日本にとっては、「鬼畜米英」。満州占領や北支侵入でスタートした「事変」は「日本の農民を送りこんで沃野を開拓してやること」、「シナ大陸上に八紘一宇の光をもたらしてやること」。それはウソでかためた「理念」だったから、煽りに煽って国民の情に訴えて、一直線に戦争突入まで持ちこまなければならなかった。

そんな国が、自国民ならず諸国民とりわけアジア・東南アジアの民たちを苦しめぬいたことを、ある日、目覚めて痛く感じとって平和憲法をつくるに至った以上、「諸国の中で名誉ある地位を占めたいと思う」その念願がほんものであったことに、国際社会は驚き感嘆したのでした。

その憲法は、いまだに戦争こそ国際間の問題を解決するための手段とみなす国々が増えこそすれ、減る見こみはない現今の悲しい世界に、ひとつの貴重なオアシスを「人間の名において」さし出し続ける画期的な文書なのです。それが改訂されるとき、世界を癒し生かすはずのオアシスの酸素は、かなりの程度なくなるでしょう。

しかし。平和憲法に書かれている通りを実際に生かしぬくことは、実は戦争の二倍も三倍もの努力が必要とされる。フランスの詩人ヴァレリイがいみじくも言ったように、「平和を生き、和を周辺にもたらすことは、戦争をするときとは比べものにならない困難な大事業」なのです。しかしこの困難は、人間にふさわしい建設のための困難。創造の困難なのです。神も人も共に安らぐ「七日目」に向けての歩みなのです。

（二〇〇五年八月号）

フムス・ハム・ヒュウ

土を意味するアダマと、人類を指すアダムをめぐって、折にふれ書いて来ました。では、この二つの単語の原語へブライ語をはなれて、ラテン語訳ではどうなるのかを見てみましょう。

ラテン語は、ローマ・カトリック教会の長い歴史を通しての用語という面が正面きって出ているようですが、キリストの教えがローマ大帝国の首都だったローマにたどりつくずっと前に、聖書の民のふるさとは三ヵ国語地帯になっていたのです。太古からのヘブライ語は後退して、歴史のはざまに立ちあらわれて来た国際語——とりわけ貿易や商売上——たちまち各地に広まったアラム語。旧約聖書の中にも入りこんできていたギリシア語。そして、聖書の土地をも支配下に収めてしまったローマ帝国の公用語ラテン語。ヨハネによる福音書（一九章二〇節）は、キリスト処刑の十字架上に、ローマ総督による処刑許可の「三ヵ国語での罪状」があったと書いています。古式にのっとるヘブライ語（イエスをローマ総督に引き渡したのは聖書の民の中のエリート階級だったから、一般に普及したアラム語でなく、彼らが尊ぶヘブライ語を用いた）、ギリシア語、ラテン語の三つ。

性格を持つ言語

いつものくせで、ちょっと横道のおしゃべりに入りますが、戦争末期に防空壕の中で一心に学んだラテン語を、私は好きなのです。理由は、女学校時代、朝五時から端坐して一時間、先生の教えをもいただきながら読みに読んだ四書五経の原文・漢文に似通う直截《ちょくさい》明確な性格を、ラテン語に見出したからです。最初に読んだシーザーの『ガリア戦記』もよかったが、東京大空襲の燃えさかる炎を浴びながらも暗誦したのが、名文家アウグスチヌスの、リズムに富んだ『告白録』だったからかもしれません。

ここでまたもや、もっと遠い横道にそれてしまうのですが、一九七〇年代、当時の西ドイツに招かれて、以前からかじっていたドイツ語とつきあった三年の間に、ハタと気づかされたこと。ドイツの宗教改革者・マルティン・ルッターの時代に(彼も一五二〇年ごろまではラテン語を使用していました)、聖書や信仰の問題から出発して、ルッターと教皇側というよりむしろカトリック一般が互いに憎しみあうほどの不幸に到着してしまった原因の大きなひとつは、双方がそれぞれドイツ語とラテン語にかたくなに固執したからではなかったか。ドイツ・ナショナリズムに燃え立っていた当時の「大帝国ゲルマン・ドイツ」の、反ラテン主義も大いに手伝って。

性格という点から見て、二つの言語は違うのです。でもルッターの主張とカトリック側の主張を現代語に置き換えてみると、双方がほとんど同じことを言っていたとわかる点が多い。私の生涯最後の恩師だった、ドイツ語・ラテン語に精通していたフランスの名高い学者は、なんと九〇年近い生涯の六〇年以上を、ルッター全著作ドイツ語とカトリック側の全文書ラテン語を分析比較して、「現代仏語」または「英語」で書き直してみるという、気も遠くなる大仕事にあてました。あのとき双方がそれぞれの言語に固執しなかったなら、ルッター派は生じなかったろう、などというとんでもないことを、私の大先生は言うつもりはない。ただ、「相互の憎しみにまで通じるほどの、悲しい出来ごとには、至らなかったにちがいない。むしろ対話が、双方の成長のために、生まれ出たにちがいない」。

性格を持つ言語とは、ふしぎな（あるケースではおそろしい）力を発揮するものなのです。

〝フムス〟に含まれる人間の本質

さて。横道はここでおしまい。ヘブライ語でのアダマ・アダムを、ラテン語に置き換えたとき、どうなるのか。その作業の中に、大きな「考えるヒント」が隠されていると、つねづね私は思っています。この二言語が属する「家族」は違うにもかかわらず、意味はかなり正しく伝えられている。

アダマに相当するのはフムス、アダムに相当するのはホモです。アルファベットで書けばHumus・Homo。ホモ・エレクトゥスと言えば、「四つ足ではなく二本の足で立って、天と地の間の主宰者とされた人間」。

いま、とりあげたいのは、この中のフムスの方です。横文字に親しめないという方もちょっと我慢して、Humusの綴り《スペリング》をよく見ていただきたい。Humは、フムだけでなくヒュムとも読む場合が多い。では、ヒュムと読んだとき、ハタと気づかれる方もいらっしゃるかも。ヒューマンとかヒュマニズムとか、ヒュマニティとか、私たちが何気なく使っている英語の単語がいくつもあらわれて来ます。英語の単語のほぼ六〇パーセントはラテン語をもとにしている。ラテン系と思われているフランス語より、英語の方がずっと、ラテン系なのです。

日常の中にいまも生かされ、生き続けていることばの中の、とりわけ大事な二つをとりあげてみましょうか。第一は、humをハムと読んだ場合のハムブル、これは形容詞。ヒューマンその他のケースと同一の音ヒュウで読むと、ヒュミリティ。キリストの有名な山上の説教（マタイ福音書五〜七章）の序文であり、レジュメでもある最初の一句、「さいわいな者たちよ、心貧しい人は」の、「心貧しい」がハンブル。ヒュミリティ。われこそ世界の中心、私こそ、われこそ、と思いあがってこころを傲りという富で閉ざしている状態の正反対。

ここで、注意しなければならないのは、自分中心、エゴイズムと「自分を愛することの大切さ」とは全く別ものだ、という一点です。ヒュミリティ、ハムブルは日本語に訳すと、謙遜とか謙譲とかになるでしょうが、私と同世代くらいの日本人は、「自分は何も出来ません」とか「私なんか」とか、「愚妻」とか「豚児」とか、本心とは全くちがう「へりくだり」がハムブル、ヒュミリティだと思いこんでいる節《ふし》があります。

そのような方から「愚妻のつまらない手料理に」と招かれた、あるアメリカ人夫妻はびっくりしたのなんの。「愚かで何も出来ないワイフが、つまらない材料を使ってつくったへたな料理に、なぜ他人を招いたのか」と不愉快になってしまった。愚妻の愚夫は、よせばいいのに、すべてを直訳英語で笑いながら言ったと聞きました、「つまらぬもので、お口にはとてもあいますまいが」。そんな日本式へりくだりには私もさんざ痛めつけられて、とうとう「その通り。お口にあいません」と答えたときの、ある宿屋のおかみさんの驚きと延々と続いた嫌みにはほとほと疲れました。「つまらないどころか、すばらしい」と、彼女は言ってもらえると信じていたから。

謙遜とは「私が好きでつくった料理です」と、すなおに言うことだと思います。愚かで何ひとつ出来ない人なんて、実は世の中にはいないはずです。だれもかれも、愚かな面も賢い面も、出来ないことも出来ることも、持っている。「私には、これとこれが出来ます。しかも、かなりよく出来ます」と言える人——正直な人——こそ、ハムブルでヒュミリティの意味を知っている人じゃないかしら。

裏表がないこと、それがほんとのヒュミリティ。ヒュマニティ。そうでなければ、第一に、ご自分の似姿として創造して下さった神さまに対して失礼ではありませんか、「私はつまらぬ者でございます」なんて。詩篇一三九篇を、私はとても好きです。「神さま、あ

なたは私の内臓もからだもすべてをつくって下さった。私は、なんとすばらしい存在なのでしょう！」（一三〜一四節の大意）

心眼が澄んでいるから、卑屈にならず、自分の欠点も美点もすばらしさもすなおに見るし、他人の欠点もちゃんと見ていながら、お互いさまと寛大に受けとめて、欠点の裏返しとも言える善い点をさがす人は、「さいわいな人よ」。

愛に次ぐ美徳――ユーモア

そのような人は、自分にとらわれないから、突き放して自分自身を笑うことも出来る。この一点にあらわれて来るのがヒューモア（ユーモアと日本語で訳しますが、英語・仏語ともにhumではじまります）。ただのお笑いではない、くすぐりでもない。英国のある文人は、ヒューモアのことを「愛に次ぐ美徳」とまで言い切っています。自分自身をもまな板の上にのせながら、「ああ、わたしたちはみんな、こんなに抜けているんだよ、いとおしいじゃないか」と微笑する。相手が自分に対してひどいことをしたからと言って、カッカとほてらない。興奮しない。取り乱さない。

だから、ヒューモアの傑作は、心底苦しんだ土地、たとえばスターリン体制下のロシアとか、クロムウェル下カトリック教徒には高等教育厳禁、公職就職禁止。二級市民の一般人住宅に窓をつけることさえ禁止といったひどい政策のアイルランドのようなところで、おびただしく生み出されて来たのです。平静に生きのびてゆくための知恵、と呼んでもよいかも。

よく言われることですが、「日本人には（一般論として）センス・オブ・ヒューモアがない」。たしかに、マニュアル主義にがんじがらめにされている今の日本人は、ヒューモアと縁遠いところに生きているかもしれません。でも演劇の世界ひとつだけでも見れば、すぐわかります。暗く不気味な室町時代に——シェイクスピアの出るずっと前に——武家や上層階級には属さない人々が生み出した狂言。エリートたちの間には能というものがありました。能は磨きぬかれた文化のひとつにはちがいないが、ちょっと高級すぎる。もっと身近で、もっと面白くて、ピリッと辛いところも持ちあわせ、おまけに一曲が短い時間ですんでしまう狂言は、だれにでも受け入れられるポピュラーな性格を持っていました。私は狂言が好きで、外国から帰るたびに、立ち見席の一曲だけでも見に行ったものです。

一番よく知られている曲は「棒しばり」でしょうか。飲んべえの家来ふたりに銘酒の樽をあずけて外出する主人が、どう足掻《あが》いたって酒の飲めない状態——棒しばり——にふたりを置いてゆく。してやったりと機嫌よい主人の裏をどうやったらかけるのか、ふたりは知恵をしぼって、まんまと銘酒をいただいてしまう。ご主人様をうまくやっつけたわいとよろこぶのは、しかし早すぎたというお話。主人をチクリとやる場面。逆にやられてしまう場面。他愛ないようで、実は他愛なくないのが狂言です。難曲中の難曲と言われる「釣り狐」などになると、棒しばりみたいなナマの形での笑いは出て来ませんが、高度のヒューモアが哀愁めいたものをも時に伴ってあらわれ出て来ます。

ヒューモアは狂言の衣装の、大胆な図柄と色彩にもあらわれ出る。うしろ身頃の茶色ひと色に、いきなり白黒の井桁《いげた》の袖。それも片方の袖だけ、など。ごらんよ、創造力・想像力とはこんなにも面白く美しい世界を、絹や唐織を使わなくたってつくり出せるのにと、型通りのまかり通る「世間」を皮肉るかのように。

日本人のヒューモアは、新聞などに出される川柳にも。ただし、時局や政治を斬るだけが正面きって出ると、もう、ヒューモアではなくなります。愛の次の美徳であるならば、当然、人間《ヒューマン》らしい暖かみをどこかしらにただよわせるはずです。あげつらうだけではヒューモアの生きる余地はないからです。加えて、もひとつ。「いつ、どんな状況の下で。どんな社会事情のもとで」というポイントも、ヒューモアを生かす要素になる場合が多い。

例をあげます。時はスターリン独裁直後。場はロシア。その時代の世界情勢のだいじなひとつの特色は、政治・思想難民大流出、難民許可申請を国境外まで何とかしのび出て提出するおびただしい人々の存在。UNHCR（国連難民高等弁務官事務所）の前身もつくられて、いまとは違い「難民すべてに各国は門戸を開くべし」の条約が本当に生きていた頃。「ある日……」と、「ヒューモア傑作集・ロシア篇（英文）」ははじまります。天国の門の鍵を、キリストから委託されて持っているペテロ（マタイ福音書一六章）が、いっときのシエス夕《お昼寝》を楽しんでいる最中、大群衆の叫び声が門の戸を叩きに叩く音を伴って聞こえて来た。なにごと、と起き上がるペテロに向かって、天使たちが飛んで来て「早く早く、門がこわされてしまいそう」。急いで行ってみると、すさまじい姿・形相の餓鬼や人殺し業の血に染まった悪党の大群がひしめきあって、門を乗り越える者も多数。ペテロは驚いて「なんだ、いったい」と問う間にも、大群衆は「われわれはみな、難民許可申請者。申請許可を出さなければ、ペテロさま、国際条約違反の大罪に問われますぞ」。でも、なぜ難民申請？「スターリンが死にました」「知っている」とペテロ。「地獄にけさ早く来ました」「それも知っている」。「あの悪党は早々と、地獄にクレムリンと秘密警察をつくるとほざいているのです」。国際条約違反のあたりでクスリと笑って、最後にワッと笑う。ところが、日本人の特長のひとつは笑いの反応がひどく遅い。よく考えて、あしたになってからちょっと笑う。（笑わないかも知れません）

ユーモアが生むコミュニティ

ヒューモアにはもうひとつ、冷たく固い雰囲気をほぐすという、極めてヒューマンな役目もあります。

時代は大学紛争の真最中。場は革マル派のとくに多い大学の講堂。満員の半数以上は肩を怒《いか》らせている過激派学生。前列には蒼ざめた学長以下。講師は上智大学教授のドイツ人。座談の名手、私の友人の神父R。「きょうはやめた方がよい」と言い続ける学長をなだめて、にこやかに壇に登ると、講堂の空気は予想以上に固く悪い。「ひっこめ！」「とっとと帰れ！」のヤジをRは手で制しながら、開口一番「きょうはヘーゲルをめぐって」。学長はのけぞった。文学論を依頼したのに！　ヘーゲルの理論は、マルクスの思想の源となっているからです。しかし、キリスト教的に解し展開することも出来る。ヘーゲル理論といったら、有名な「弁証論」。Rは、「ヘーゲルのショウベン論の分析は……」。だれかがクスッと笑った。「ショウベンとは何か」とRは続けたのち、「ああ、まちがった。日本語はむつかしいね。ショウベンではない、ヘーゲルのベンジョです」。革マルまでが、たまらなくなって吹き出した。「皆さんは、ベンジョは近代のものと思いこんでいるでしょう？　いいや、ギリシアの昔からあったよ。中国にもどこにもちゃんとあった」。学長も革マルも「おとなしい」学生も大笑い。すっかりほぐれた雰囲気の中で、Rはキリスト教的解釈をみごとに語ったのち、「まちがいだらけの話でしたね。幼稚（上智）大学教授の私だからね。ベンショウしなければならないね」。会場は湧きました。

数年がたちました。ぜひお目にかかりたいと、十数人のあの日の革マル派がやって来て、「ああいう空気をあんなに和らげて下さった方と、お近づきになりたい」。じゃあ、とRは「いまは友達同志ですね。コムレイドだね」。

ヒューモアが対立の代わりに、小さなコミュニティを生んだのです。

（二〇〇五年九月号）

ヨーロッパの〝市《マーケット》〟から

昨秋、一年ぶりにヨーロッパに数週間の旅をしました。難民関係の基金の仕事の上でも、各国語の書物を入手した点でも、旧友たちと度々出会ってゆっくり語りあえたことも、ほんとうにうれしく、みのりゆたかな旅でしたが、とりわけ、朝市の楽しさは格別でした。

なつかしさに胸おどらせて、出発前から勇み立って待った、露天市《マーケット》の日。ヨーロッパの国や各都市、町や村は、マーケットなしには語ることの出来ないものです。パリのどまん中の大統領官邸うしろの市。モンパルナスの大通りの中央にずらりと並ぶ、煮しめたような色になっている日傘雨傘の市。ドイツのニュルンベルクやミュンヘンのそれ、ローマ・

ヴァチカン市国の古い城壁すれすれにくりひろげられる市。バルカン半島のクロアチア国首都ザグレブの鉄道線路近くに、酷寒零下二〇度の日にもひろげられる市などなど。大方は、月・水曜の朝七時前から昼までとか、月・水・土曜の早朝から正午までとかです。

フェルネのマーケット

各地の露天市の特色は、それがかもし出す楽しさに尽きると言ってよいでしょう。詩情風情だけではない、打ちくつろいだ人々の、日々の生活の香りもたっぷり。あらゆる国の言語が耳に入ってくる中で、ふしぎに共通性を持つ生活態度も。私が一五年近くをすごしたスイス・フランス国境線上のフェルネ・ヴォルテールというフランスの村のマーケットは、車を飛ばせば約五〇分先のスイス・ローザンヌからさえ人をひきつける有名なものでした。

フェルネの露天市の規模はずいぶん大きい。みごとに枝を張ったレバノン杉二本を目印として、でんとかまえる市役所の正面玄関の横手左右のうしろからはじまって、市の日にはバスにもタクシーにも遠慮してもらうたった一本の大通りの端から端、「ついでに、どうせなら開けてもらおう」の横丁まで。土曜の朝なら、車でほんの四、五分先の隣国スイスのジュネーブ市に欧州総本部を置く国連のおえら方も、各国主要メディアの特派員たちも、ジーンズやヤッケ姿でくつろいで夫妻仲よく手を組んだり、買ったばかりのりんごを丸かじりしたりしながら、山と積まれて地面にもころがりおちるジャガ芋や、これぞほんもの中のほんものの生ハムや、天下一品のイランのナッツを物色中。

「あ、あの顔はしょっちゅうテレビに出る顔」「新聞インタビューでとてもよいことを言った方」などとすれ違っても、だれひとりカメラも向けず、「よいお話を伺いました」と声をかけもしない、ほっておく。しがらみみたいな野暮なもののさっぱり消えるのがヨーロッパの、わがフェルネのマーケットなればこそ。仕事で出かけるヨーロッパ旅行の間にも、何とかしてフェルネ朝市の土曜日を、私は必ず組み入れるのです。さきほど書いた楽しみとは、そんな風の安らぎと「おとなの」静けさを含みこんだものなので、どうしたって出かけて行って、ほっとしたい。

おとなのための静かな場

朝市に並ぶのは野菜・果物・ハムや卵などの食品だけ？　いいえ、フランス国に正規に受け入れられたアフガニスタン難民の、出身地名産のカーペットや、珍しい石を使ったネックレスや指輪なども。七〇年末に難民認可されて長期滞在、フランス国籍所有者となったヴェトナムやカンボジア系の人たちの、春巻やチャーハンや野菜たっぷりの焼き肉料理。セネガルやトーゴ出身の黒い肌の人たちの売る、新鮮この上ない魚や貝類。クリスマスごろともなると山と積まれるのが、生ガキや生ウニやハマグリの類。クリスマス・ディナーは大方の家族でカキやウニやサーモンです。かと思えば、ずらりと並ぶほんものの銅鍋(高価ですが、火のまわり方が鍋底のどこでも均等で、よくつくりたい料理に欠かせない。私も大小三つ持っていました)。その他、馬の毛使用の漉し器をはじめ、料理好きなら少なくも二〇分は立ち止まらせられてしまう、「本格派用」調理道具の店。

そのはすかいには、ありとあらゆる材質と大きさと色彩のテーブルクロスの屋台。「椅子、直します」の大きな札を立てて、古色蒼然、しかしふしぎに座りやすい籐椅子をそろえている店。ピンからキリまでの皮コートが「買って下さい」「お得だよ」と言いたげにぶらさがるかと思えば、おしゃれ靴からスニーカー、ブーツから幼児用の靴まで並ぶ屋台。アクセサリイのそばには、「アカシア」「ラヴェンダー」「バラ」などと大中小の瓶《びん》の蜂蜜やジャム。早朝六時から昼まで何十も丸焼きにされているロースト・ポークやチキンの香ばしい匂い。

ないのはおもちゃ。見かけないのは子どもたち。マーケットとは、これからはじまる一週間分の食糧を、くつろいだ姿を見せてはいても、実は真剣な眼と予算を勘定する頭で物色中の、おとなのためのものだから。結婚する若い男女が、鍋やカーペットや家具やテーブルクロスなどの品定めをするところだから。品を並べる側にとっても、よりよくより安いものを「いつも」出しているという信用を、「店の常連」もろとも保つために、努め努める真剣勝負の時と場だから。客引きや「毎度ありがとう」の声を立てるのは野暮の骨頂。だから静か。人なつこく、しかも静か。

こういう静けさこそ、私にとってのヨーロッパなのです。

生《なま》の感情は生活のただなかから

人口ほぼ三千人、国籍数は一二五だった一九八〇年半ばから、人口は少々増え、住民の国籍数は「一四〇なんてものじゃなくなった」フェルネのマーケットの、屋台によっては決して姿を見せない人種のいることに、私が気づきはじめたのはいつごろだったかしらん。トリや豚や羊や牛、ソーセージや生ハムを売るところをさけて、もっぱら野菜・果物・乾物だけに集中するのは、かなりの数住んでいるイスラム教徒と少人数のユダヤ教徒。信教から生まれ出た食習慣にのっとる彼らは、「自分たちだけの屠殺場を持たねばならない」。豚は御法度、不浄です。そして牛でもトリでも羊でも、独自の屠殺方法で「いのちそのものである血」は「全部抜いてしまわねばならない」。

わが家にずいぶん長く来てくれていた穏健イスラムの、正直と思いやりとが人間になったようなチュニジア女性は、いちど私がトリがほしいけれど手術直後で買いに行かれないと言ったとき、「わたしの家でもほしいから、ちょっと隣の町に行って買って来ましょう」。隣の町サン・ジュニにはイスラムの共同屠殺場があったからです。特別の屠殺場を持つためには、フェルネのイスラム人口だけではとても足りない、かなりの人数の共同体つまり集団と、かなりの資金とかなりの規模の土地がいるのです。この一点にくっついて来るのが、イスラムと「対立している」はずのユダヤ教徒で、彼らの信教・信条にのっとる屠殺方法はイスラムのそれと同一ですから、自分たちの人数が屠殺場設置と維持に不足の場合には、イスラムの仲間入りをさせてもらわない限り、ユダヤ教にとっての一大祭日・過越の祭さえ祝うことは出来ない。

悪名高いパレスチナでのユダイズム・イスラエルの軍事一点張りの行政の面だけをイデオロギッシュにとりあげてしまうと、ひとつのかなり大事な点がぼやけてゆくように思われるのです。ユダヤ人へのヨーロッパ、とりわけドングリの多いドイツの各地、ロシアの各地でのすさまじかった迫害も、イスラム教徒へのむごい態度も、一ばん最初は彼らの生活態度への土地の人たちの反発そのものの中から生まれ出たのだ、と私は考えるようになりました。

なぜドングリ? ドングリの果実こそ、秋の終わりからものみなすべて鈍く重い灰色ひと色に閉じこめられ、やがて雪におおわれてしまう中部東部ヨーロッパ、つまりドイツやポーランドや一部フランスなどの地で、冬の間どんな家にも蓄えられる豚肉のための、豚の大好物だったから。ドングリを食べに食べて豚は「おいしく」育ってゆく。冬の間の生を支えるのに、豚(肉)ぬきに考えられない時代が、つい一昔前まであったのです。春から初秋まで、貴重なソーセージやベーコンにやがて化ける豚の食糧はいくらでもある、しかし、中秋ごろの「さいごの仕上げ」のとびきりの餌は、ドングリで「なければならなかった」。

この大切なドングリ林が「豚肉禁止・もっぱら牛かトリか羊」のユダヤ人やイスラム教徒が群をなして入って来るにつれ、放牧場をつくるために伐りひらかれて行った。「あの連中がもっとやって来たら、林は姿を消して大事な豚の餌は減る一方」、「あんな人たちは追い出してしまえ」……庶民の生《なま》の感情というものは、善きにせよ悪しきにせよ、まず以て「生活の中・食べ物の中」から生じるものなのです。

ずいぶん横道にそれてしまいましたが、フェルネ朝市の肉製品屋台にはイスラム系もユダヤ系も近づかない、肉がほしければ特別屠殺場所有のサン・ジュニまで行くと知ったときから、あるいは内戦紛争ただならぬアフリカ各地の人々の毎日の生活に触れはじめたときから私は、いわゆる中東問題専門家とかパレスチナやアフリカその他の事情の専攻学者とかの書かれる書物を、立派で学識に富みながらも「ちょっとへんだ」と思うようになってしまったのです。偏見も敵対も差別も、あるいは奇妙な相互依存や共生も、ふつうの人たちの日々の生活のただ中からまず以て生じることを、ひとたび見てしまったのちの私は、かなり徹底した「生活主義者・リアリスト」になったみたいです。「専門家敬遠主義者」にもなったみたいです。

よく生きるための休止符

夢にまで見たフェルネの朝市のなじみの店で私は、緑に黄色の線を流しているのを一個、赤にオレンジ色をまぜているのを一個、都合二つのりんごと、手のひらからあふれるほどの大きさの洋梨ラ・フランスをひとつ、手はじめに買いました。一ユーロ(当時・一三六円)を出したらだいぶおつりが返って来て、三個で六四円くらい。「果物っちゃ、こういう値段のものだったんだ」と大満足。マーケット通いの人たち同様に、洗いもせず皮もむかず、そのまますぐにかじったら、再びみたび「ああ、果物っちゃ、こういうものだったんだ」。ぱあっとひろがる香気と酸味、ほのかな甘み、皮も皮とは思わせないやわらかさ。

さあ、これから、大きな腿を丸ごとごろりごろりと並べているハム屋に行って、私が最も好む「樅松《もみまつ》(タンネン)いぶし」を一枚だけ切ってもらおうか、それとも三百数十種類もあるチーズの屋台で生きてるチーズの二、三種類を買おうかしらん(決して冷蔵庫に入れてはいけない。生きものなのだから、熟成度によって「きょうの夜食べる」とか「あしたの昼」と注文をつければ、ためつすがめつのあげくに、食べる時間にちょうどよく熟すのをえらんで、「人数は? ひとりで?」などと聞いた上で切ってくれる)。

結局、私は合計六四円のりんごと梨を食べたのち、近くにある長いなじみのカフェに入ってエスプレッソを一杯ゆっくり味わったあと、マーケット右わきの、果実をいっぱいつけたりんごと梨の木々を散らばせた小さな公園のベンチまで行って、座りこみました。一時半まで待つために。待つとは何を?

一時半過ぎ。戻ってみたら、チーズ屋もハム屋も八百屋も魚屋も、すべての屋台は嘘のように消えていました。あとかたづけの人たちが傘をたたんだり、地面を掃いたり。この人たちがいなくなったらいよいよ、しんかんと静まりかえる週末(土曜)と週明け(日曜)がはじまる！　あすの朝、聞こえるのは、遠く近く響きあう教会の鐘の音だけ。マーケットは、だから日々の生活のアクセントになるのです。音楽にたとえれば、次の楽章のためになくてはならない休止符のはじまりを告げるのが、土曜の朝のマーケット。この休止符がいよいよはじまると、思いなしか人々の表情までが変わるのです。「さあ、いよいよ自分の時間が来たぞ」。そして休止符の間には、よほど親しい間柄でなければ、ひとさまを招待するのも遠慮する、勉強会や講演会などはもってのほか。大事な会であるなら、週の間の夜に催す。そのために疲れても、丸々二日の休みがひかえている以上、人はよろこんで出席します。

それなのに――土曜も休みとなったときからのわが日本国には、土曜の講演会や勉強会や冠婚葬祭が定着してしまいました。もちろん葬の場合は別問題。圧倒的なのは、婚や偲ぶ会や講演会の「土曜定着」。みんなだいじ、みんな大きな意味を持つ。しかし、と私は考えてしまうのです。

「土曜定着」となれば「休止符半分」。「のべつ幕なし」。生活の日々のリズムは消えてゆきます。「なぜヨーロッパで、時はこうもゆるやかに、静かに流れていくのだろう」いつも私はそう思い、思っては「のべつ幕なし」の日本で涙ぐみながら、「ヨーロッパの時間」に恋いこがれるのです。わがまま？　なまけもの？　何十度、何十年、そう言われたかしれないけれど、私は「休止符なしの音楽は存在しません」の一点ばりで、リズムを守ろうと懸命になるから、その分だけよけいくたびれてしまう。

マーケットとは、ただの露店市場ではないのです。露店市場の楽しさに続く静けさと「各自の時間」は、ただの週末・週明けではないのです。それらは私の考えでは、「創造」のための、「よく生きる」ための、欠かしてはならない時間。

「七日の中の一日は（その一日への準備の日・聖書が告げる「用意日」をもつけ足して）、神の休息に入りなさい〈創世記〉」。「奴隷も（こんな人種はもはや存在しない？　いえ、現代社会は現代風奴隷で実は溢れているのです！）、家畜も、寄宿人も、すべて休ませなさい」「七年ごとには、畑も牧地も丸一年間、休ませなさい」。

（二〇〇五年一〇月号）

生活しつつ 祈りつつ

羽仁もと子さんが、ご生涯を通してかかげていらしたモットーを、私はほんとうに好きです。一〇三年前に『婦人之友』を生み出され、私が生まれた一九二一年には、当時としては目をみはらせる「自由」の一語を高くかかげる、自由学園を創り出された羽仁さんでした。「日々を生きつつ祈りつつ」ではない、「生活しつつ、祈りつつ」。「活」の文字は、勢いよく、いつも「するべきこと」をよろこんで（つらくとも）することを意味します。だから、「思想しつつ」の、もひとつの文句が自《おの》ずと入って来るのでしょう。

日々、祈るために、私はいつも福音書を（難民地でもどこでも）手にとります。新約聖書中の土台でもあり柱でもある、また旧約聖書の完成編でもある福音書こそは、過去六〇年近くもの私の日々を「活かす」大切な書物でした。信仰に疑問を抱いた時期もありましたが、そんなときにも、福音書をひもとくことだけはやめられなかった恵みを、しみじみと思い起こすのです。神とは何と忍耐深い御方かと。

六〇年近くを生きるうちに、私の「読む角度」は少しずつ違って来ました。年と共に「読み」を深めたり広げたりする中、ここ一〇年ばかり次第につよく浮かび上がって来たのは、各人それぞれに対するときのイエスがどれほどリアリズムに満ちた実際的《プラクティカル》な方であったかということです。各人の生活と切りはなされた抽象理論は、イエスの教えには入っていない。

出会いは生活の場に

一足飛びに、キリスト・イエスの生涯の大事業・みわざの中核・頂点である、復活の朝早くを見てみましょう。十字架上でむざんに殺されたイエスの遺体に香油をそそぐため出かけていった、女性たちへのことばを聞いてみましょう。空っぽの墓の前で、生前のイエスのことばを思い出すゆとりもなく、ただ恐れおののくばかりの女性たちに、「死を十字架上で殺して」死のかなたにひろがる、ほんとうの朽ちない生を開き、暗さも陰も悲苦もない、とこしえの生命に自ら入り、その生に万人をも招き入れて下さるイエスが出現されたとき。「恐れることはない。行って、わたしの兄弟（弟子）たちにガリラヤに行くように言いなさい。そこでわたしに会うことになる（マタイによる福音書二八章他）」と言われた。

　ガリラヤ！　ほとんどの弟子たちの生活の場。弟子の中核とも言える最初の四人、ペテロ・アンデレ・ヤコブ・ヨハネ。彼らに続くトマスやナタナエルは、みなガリラヤの湖畔に住んで、魚をとって生活している漁夫だったからです。ガリラヤの一語には、もひとつの大事な意味が大きくこめられています。地図をお持ちの方はごらんになって。エルサレムとは違い、ガリラヤは「異国・異国人たち」に大きく開かれ、近々と接している「国際地」。つまり、イエスの教えは国境を超えるものという意味です。各々の生活の場で、外国人にも開かれた場で、いきいきといつも弟子が働いて来た日常の場でこそ、永遠の活気あふれる生命への道を開いて下さった聖主に、人は「出会える」。

　ヨハネによる福音書の二一章も私は好きで、何百度くり返し読み、ページを閉じて祈ったかわからないのですが、その二一章の初めの部分を不思議に思うことも度々でした。だって、身の毛のよだつ十字架刑に師とも主とも仰ぐイエスが釘づけられたあの日と、あの日までの痛ましい日々などつい最近のことなのに、いくら刑死後三日目に、生き続けているイエスの出現を見たとは言っても、そんなことは全くなかったかのように、ペテロたちは住みなれたガリラヤでのいつもの生活に戻って「さあ、漁《りょう》にゆこう」と舟を漕ぎ出した、というのですから。

ともかく。七人は漕ぎ出してゆきました。生まれついての漁夫たちですから、網も釣り竿も用意万端。あたりはまだ真っ暗、漁は夜明け前と決っていたからです。全員裸で、慣れた手つきで網を打ち続けたけれど、「この辺にいつもたくさんいる」と知りつくしている場所に網を打っても一匹もとれない、むなしい一刻、また一刻。汗まみれになって、くやしがって、ため息をついて――夜が明けはじめると岸辺に「見知らぬ人が立つのに気づいた」。人のこころの暗さと、神の光との対象が、ヨハネ福音書には度々出されます。

「右側に網を打ちなさい。そうすればとれるはずだ」と、朝もやたなびく岸辺に立つ人は言いました。漁師ではなさそうなその人のことばに「従った」ペテロたちのすなおさに、私はいつも感動させられるのです。「われわれは漁師だ、いらぬおせっかいはやめてくれ」と、ペテロたちは言わなかった。疲れ果てているのに、プロなのに、見知らぬ人のことばに、朝の光をあびながら従った。そのとき、手ごたえがぐんと来た。網はみるみるうちに一杯になったのです。

「聖主だ！」と、ヨハネが叫んだのはそのときです。ずっと前、三年前、同じことがあったっけと思い出しながら。

ほんとうに〝知ること〟とは

この場面の意味は、何十度読んでも、私には汲みつくせないのです。私だったらこうも言ったでしょう。「私には私のやり方がある。仕事をする（物を書く）とはどういうことか知っているよ」。

「知っている」――ほんとに？　仕事のしかたを、日々の生き方を、自分の小ささを、知っている？　見知らぬ人の親切をすなおに受け止めることも出来るほど、「自分」を知っている？　いいえ。私が知っていることなんか、砂粒みたいなものではないかしら。いくら「本職」と言ったって、その領域の中でだってわからず知らずのことの方が、ほとんど無限。この一事をはっきり知ることこそが、「知ること」であり、ほんもののしあわせに近づく道だと、福音書を日々読み続けたいま、ほんの少し私は悟りはじめたのです。ああ、遅かった！

ちょっぴり悟りはじめたとき、マタイ福音書（五章）の有名な山上の説教の「心の貧しい人は幸《さいわい》」（注・福の字の方がよい）という、わかるようなわからぬようなみことばも、どうやらわかりはじめたようです。こころ貧しいとは、自己防御《ぼうぎょ》の姿勢がないこと、自分の考えや経験だけが（あるいは好みや判断だけが）天上天下唯一正しいとおごらないこと、ひいては（こちらが選ぶゆとりなく）与えられて来てしまう事態や物ごと、たとえば思わぬ病や不幸事や、もっと小さな次元で好まぬ食べものや性《しょう》のあわない人との共同生活への反発などを、あきらめとは全く違う活力を以て正面から受けとって、「変えることの出来る点は変え、変えることの出来っこないものごとはそのまま受けとめる、という識別力を持つこと」にもつながってゆく。つまりは、いつも「前向き」。

気づかされるのは、「まことの幸・福の道八つ」と呼ばれる山上の教えの中、「心貧しい人」と「神の名のために迫害される人」の二つの句だけが、文法上での現在形で、あとの六つは未来形であることです。プロの漁師たちが、プロでないらしい見知らぬ人のことばをすなおに聞き入れたとき、言いかえれば自己防御・過剰の自己主張をせず「こころ貧しく、ひとさまのことばを受けとって」網を打ったとき、漁師としての幸はたちまち与えられたのです。「いま、ここで」。現在形。

岸辺に立つ見知らぬ人をバカにせず（これまた、こころ貧しい態度ではありませんか）、ではやってみようとすなおになったとき、網の中には一五三匹も魚が入った（だいじなときの場所や数をいつも正確に書くのがヨハネの特色のひとつです）。よろこびが驚きをともなって、ペテロたちのこころをゆたかに満たした。このような文を読むとき、おのずとこころに湧きつのる感動こそは、祈りの出発点ではないかしら。

集まりの中の祈り、ひとりの祈り

でも。祈りとはいったい何でしょう。

二種類あります。第一は、日曜日の集まりのとき。教会とはそれ。人々の集まり。語源はエクレシア。招かれて呼ばれ集まる《エクレシア》人々。英語やドイツ語でのチャーチやキルへは、古代ライン河やダニューブ河ぞいに住んでいたゲルマン民族の中の一族が東方ビザンツ伝統をも言語にとり入れた一語から生まれた単語で、「聖なる御者のための集り・聖なる御者の家族の集り」を意味しています。私はいつも「教える会・教えられる会・教会」という日本語訳はとてもよくないと思っているのですが、とっくの昔に普及してしまったから、いまさら変えるわけにゆきません。

教会とは最も正しい意味でのコミュニティ（コン→共に。ユニティ→ひとつに）なのです。性格も年齢も才能などもそれぞれ違う人々みなが、こころひとつ《コン》に集まる際には、こころがひとつである表現として、共同《コモン》の祈りをとなえます。イエスは言われました「二人または三人がわたしの名によって集《ユニオン》るところに、わたしもその中にいる（マタイによる福音書一八章二〇節）」。

しかし。祈りには、もひとつあります。

同じマタイの六章六節で、イエスはこう教えられます。「あなたが祈るときは、奥まった自分の部屋に入って戸を閉め、隠れたところにおられるあなたの父に祈りなさい。ひとり、静かに」。いまどき風に言うなら、テレビを消して。パソコンを閉じて。

集まりの中の祈り。ひとりの祈り。これは、車の両輪のように互いに助け合って、わたくしたちを少しずつゆたかにしてくれる。いや、その前に内面を浄め、つよめてくれる。キリスト・イエスに、また天父である神に、いま私をとりまいているさまざまの人々に、ほんのちょっぴり今までより誠実に近づけてくれる大切な宝ものが祈り。

「戸を閉じて」とは言っても、現実に戸を閉じてひとり静かになれるスペースや時は、いまの日常社会の住条件の中ではなかなか見つからない。仮にその空間・時間があったとしても、ふしぎなことに、ひとすじに祈ろう、神のみことばに聞き入ろうとするような時に限って、少なくも私の体験では、ありとあらゆる雑念が湧いて来る。「あ、あの人への手紙の返事がまだだった」とか、「ガスはとめたろうか」とか、「今夜のおかずに一品足りない」とか、「きのう会った女性のブラウスはよかった。どこで買ったかたずねてみよう」などなどなど。

一語にすれば、集中力のまるきりなかったことに、私はだんだん気づかされたのです。「戸を閉じて一〇分」と決めたとしましょう。その一〇分の長いこと！ テレビで見たい番組をさがすときなど、一〇分はたちまちなのに！ ニュースを見ているときは一五分もじっとしているのに。

お祈りとＦＢＩのトレーニング

集中力というものを、まず育てなくちゃと気づいたのは、もう四五年以上前のことです。そのとき私は、「ちょっと変わりものだった」としか思われないことをしたのです。古今東西の賢人聖者の書物を手引きにするかわりに、なんとアメリカのＦＢＩ《連邦情報機関》の初歩トレーニングに目を向けた。いま考えると、かわいらしいような、気の毒のような。

近ごろはビンラディンの行方をあらゆる手段を使い、裏から裏への秘密のコネを（まずつくって）利用してさがすとか、スパイを育てるとか、カネとあくどさと緻密さと「われこそ天下唯一」みたいな強引な、悪名高いＦＢＩのやり方を一瞬間だって正当と思ったことはないのに、なぜ関心を抱いたかというと、ひそかな情報の千も二千も集まって来るのをまとめ上げる作業に従事するその情報機関の職員たちが、「大捕物」を目の前にひかえたとき、必ずいつもよりずっと意識して集中力トレーニングを行い、受けるにちがいないと思ったからです。

どこをどうつついてトレーニング法を聞き出したかは忘れてしまいました。多分、外国人特派員クラブでの雑談の間だったでしょう。聞いている間に何度も思い出したのは、新約聖書の福音書に続く輝くばかりの書簡にパウロがとっくに書いていることばでした。「（オリンピック）競技などに出場する選手たちが、どれほどの訓練や節制を自分に課すか、考えてもごらんなさい」。二一世紀の今日だって、オリンピックに出るためには、水泳も体操もマラソンもその他の種目も、訓練なしではぜったいに不可能なのです。キリストに聞き入るとか、神のこころにほんの少々近づくために祈るとか、祈りつつ、ほんとの生活を（どんな苦境に落ちようと）生き続けたいとか、これぞ人生の一大事であるはずなのに、前準備ナシ・集中力訓練ナシでは理屈にあわないと、私はしみじみ思ったのでした。

では、ＦＢＩは「大捕物・極秘の作戦」の前に、何を担当官たちにさせるのか。マニュアルなど書いたものはありませんでしたし、「ヒントだけもらって、あとは自分でやれ。自分で方法をさがせ」。まずは、規則正しい生活。睡眠時間は七時間（サッカーのテレビに夢中になって夜明けまでなどはダメ）。起床時間は必ず守る。食生活は質素、しかし内容のきちんとしたもの。腹八分。大事なのは朝ごはん、昼食を重く、夕食は軽く……。

「なんだ、こんなこと」とはじめは思ったのに、だんだんトレーニングは難しくなって、スポーツ紙やコミックスを一ページ見てのち、すぐに政治論や哲学論、科学論などの一ページを、コミックスと同じスピードで読む。読んだら本を閉じて、「文のポイントをどの程度覚えているか、自分で試験する」。たまには話し声で一杯のカフェなどにちょっと入って、そこを出たらすぐに難解な論文などに（いつもポケットに入れておいて）目を通し、「頭の切り替えがすぐに出来るかどうか調べる」！　一ヵ月たったら、その間に読んだ難しい内容の本の中身をどのくらい覚えているか、他人に話せるか、試してみる。

よし、やってみようと、四〇数年前の私はＦＢＩトレーニングの「初歩」の分を、自分なりにアレンジして毎日おこないました。家族に負担や迷惑をかけるようなトレーニングではないから気は楽でしたが、「頭のとっさの切り替え」や「文章のポイントを一、二、三と分けて覚えこみ、記憶している」ことはかなり難しかった。

けれど三ヵ月ばかりやっているうちに、びっくりするほど「頭の切り替えの力と集中力」がついて来ました。論文や書物を読むときの集中力だけではなく、それは家事や日常のものごとに対しても、以前とはくらべようもなく育って来たのには驚かされました。「いちどきには、ひとつのことだけ」とも習いました。煮ものをしながらちょっとEメール（当時は手紙）を書くとか、その途中でアイロンかけもしようとするとか、掃除の間に電話をかけるとか、日常の刻々で私がどれほど「分散しているか」がわかってきました。分散するからいらいらする。ろくなことはないのです。

「FBI方式」の次に決定的なトレーニング法を教えられることになったのは、FBIの初歩トレーニング時代ののち二〇年もたってからのことでした。これはなかなか面白い方法で、「頭の中にいくつもの戸棚とひき出しと本棚をつくること」です。本棚の上段は聖書関係。二段目は歴史、三段目は辞書など。とても便利です。ヒントはFBIではありません。道具も先生も不要でかんたんこの上ないのですが、「かんたんなこと」とは実は、はじめはとても難しいことと悟らされました。

ともかく。日常のさまざまな仕事・雑事や物ごとからいっとき自分を「切り替えて」、神のみまえに、神のみことばだけに集中することが少し出来るようになったのが、大きらいなFBIのおかげと思うと、とてもおかしくなります。

からだは体操とトレーニングを必要とする。精神も体操(集中訓練)とトレーニングを必要とする。この一事を、ドンピシャリ「霊操」と名づけて、ざっと見る限りでは「そっけない」一冊にまとめたのが、聖イグナシオという一六世紀の聖人です。一冊といっても「読む本」ではない、ヒントだけで「あとは自分でなさい」。トレーニングされたからだと精神は、活力をおびて互いを助けあい、人をほんとに「生活させる」。このことがわかって来たとき、「生活しつつ、祈りつつ」はほんものになって、ひとりひとりの日常の中に生きはじめてゆくのでしょう。

そしてあるとき、目ざめる思いで私は、「戸を閉じて」の意味も理解したのです。戸外でも駅のプラットフォームの人ごみでも、「戸を閉じて」神のみまえに「坐ること」が出来るのだと。アイロンかけや、台所仕事などの最中にも出来るのだと。

けれども。とどのつまり、祈りとは恵みなのです。だから、「祈りを恵んで下さい」と祈り、「祈りを教えて下さい」とも日々祈ることが求められる。集中力を養うことや自己訓練は、神さまと呼ばれる無限の「他力」の恵みをいただくための、精一杯の小さな「自力」「協力」に他ならないのではないかしら。

(二〇〇五年一一月号)

和の基礎づくり　どこから

一年の回顧の季節が、もう眼前にあらわれました。二一世紀に入ってのちは年ごとに国内国外ともに、信じがたいみじめな事件にこと欠かぬ一年となってしまった。人間とは何かを、いまさらに考えさせられる毎年。アフリカその他では、飢餓も欠水もはびこる一方、エイズ禍は悲劇をともなってひろがる一方。学校にゆかれないどころか、極貧の中で七つ八つの幼年から「売春婦」に売られてゆく子たち。人殺しだけを教えられて、幼年期から少年期に入ってゆく子たち！　「難民」定義はいま、五〇年前とは全く変わって来ているのです。

「にもかかわらず」、私たちは前進しなければいけない。前進の中には、こんな時代だからこそ、平和への一歩を日々刻々、つくっていく決心が大きく含まれます。じゃあ、平和とは何ですか。かりにいま、シンポジウムの席上に一般の声の代表として読者が招かれて「手持ち時間一〇分。平和とは何かを語って下さい」と議長から名指されたとするならば、あなたはどんなことをおっしゃいますか。

平和憲法護持のためのグループに入って、研究やデモに参加して、人々に訴える？　もちろん、よいことです。意識がひろがってゆくから――でも、それだけで充分なのでしょうか。いいえ。不足です。戦争をしない決意をするということイコール平和創造ではないから。「平和とは何か」。立ち止まって考えてみると、実は大問題があっちにもこっちにも、さまざまの条件や状況をくるみこんで出て来てしまうけれど、まずは一番の基本点から見てゆくことにしましょう。念のため、日本人として、日本国の平和を守る上での条件ではありません。「いつでもどこでも、平和が産声をあげるための基本」です。

半熟卵と「胸チクチク」

まず以て一人ひとりが「良心のささやき」に、いままでよりもっとこころして聞き入ることがスタート、と私は考えます。そのささやきとは、「いま、ここで、私がイヤと思い、つらい、痛い、悲しいと思うことを、相手がだれであっても（過去、私に対して意地悪をした人であろうとも）、相手に対して言ったりおこなったりしてはいけない」、「他人の持ちものを奪って（悲しませて）はいけない」。

幼い頃私は、半熟卵ほどおいしいものは世の中にない、と思っていました。あるとき、近くに住む祖母が夕ごはんをわが家で食べることになりました。おかずは何だったか、ともかく半熟卵も入っていました。「いただきます」のことばも終わらぬうち、大よろこびで自分の前にある卵を、私は食べてしまった。ああ、おいしい！　ふと見ると、となりに坐る祖母はまだ手をつけていません。羨ましい気持が昂《こう》じて、「あの卵をとってしまおう」。他のおかずを代りにあげればいいと身勝手な理屈をつくりあげて、祖母が父母と楽しく話をはじめたすきに、手を伸ばし奪《と》ってしまいました。

母の「道ちゃん！」の鋭い声と、「わるい子は立て、外に出ろ」の父の声。「まあまあ」となだめる祖母の声。私は大いそぎで卵を口におしこんだ。なんと。ちっともおいしくなかったのです。「道ちゃん、胸チクチク」と母がきびしく叱る頃、私は半泣きになっていた。胸どころか、耳の底にも頭の中にも「いけない、いけない」の声がひびいて、どうしようもなく、祖母にすがりついて、「ごめんなさい、ごめんなさい」。結局、残りのご飯を食べるのを父母からとめられ、家の外の沈丁花の香りだけがただよう暗いこわい庭先に、泣きじゃくりながら立たされました。

のちに何回も「あのこと」は心中によみがえり、「チクチク」が出て来そうになる度に私を、その痛みの原因を考えること——反省と呼ばれる人間行為——に誘うようになりました。そしてあるとき、書物の中で、私は知ったのです。ハムラビ法典として歴史に大きく残される人類最古の成文法(西紀前一七二九〜一六八六年?)の、二八二条の中のひとつにこう書かれているのを。「他人のものを奪おうとしてはいけない」。奪われた人は悲しむ。それが昂じると報復に出る。やがて導かれてキリストの教会に入ってのち、聖書(出エジプト記二〇章)に明記される「神の十戒」の中にも同じことばを見出しました。ハムラビ法典を高さ二・五メートルもの巨大な石柱に刻みこませた、バビロニア(いまのイラク)王朝第六代のハムラビはむろん、「十戒」が聖書の民のリーダー・モーセ(西紀前一三〇〇年頃)に与えられる以前の人。聖書的な意味での「神」は知らなかった。しかも法典中の重要なものは、とうの以前からバビロニアとその近辺の一般の人々の間に、「守るべき法」として口伝えに伝えられていたものだったのです。

本の虫みたいだった私は、手当たりしだいの読書を通して、「他人のものを奪ってはいけない、悲しませてはいけない」の教えが、古代からの中国にも、中国・朝鮮半島経由日本にも、インドや古代ギリシア（たとえばソクラテス）にも、どこにでも必ずあったことを発見してゆきました。その教えの核、すなわち良心──「胸チクチク」の表現で幼い私に母が告げ知らせたものごと──は、どこのだれのこころの奥にも物ごころつく以前から、ちゃんと「善い種子（マタイ福音一三章他）」として与えられて蒔《ま》かれているとも気づかされてゆきました。人間みなに、いつの世でも公平に与えられる「神からの公平なプレゼント」。

でもそれは、種子のようにちっぽけでデリケートだから、「善い土、水分のある土（同）」で包んでやらなければ「善い麦（同）」には育たない。生命力はもう種子の中にあるのですが、それをうまく引き出して、芽吹かせてやることこそ一大事。この一大事を荷《にな》う最初の場が家庭、主役は父母。保育所では「おそすぎる」。だからこそ、貧国あまたの難民孤児青少年少女や幼児を、国籍とは関係なく、だれかが支えなければいけない。彼らの心中の「善い芽」を引き出し芽吹かせる責任を、私たちは持っている。

「引き出す」ことをラテン語ではエデュチェーレ《educere》と呼び、そこからエデュケイション《education》（教育）の一語が出て来るのです。各人の才や傾向を引き出しながら、何事かを教えこむことに重点を置く、たとえば理工科に向いている子には工学の理論や技術を教えるとか、文科系の子には文学や文法を教えるなど。なぜ？ すべての人は自分の中に、工学や数学や言語学その他の「学問の富を持って」いないからです。才能・能力は万人みな、天から与えられているけれど。外から、他から、教えてもらわなければ、数の法則や外国語の文法を知ることはないのです。学問と限らず、生存上不可欠の空気も水も、人間は「外から」「もらわなければならない」存在、つまりは「依存する者・人間」。

ところが良心となると、どこのだれのこころの奥にも、勉強学問と関係なく、天から与えられている。

科学と良心

戦後、多くの小学中学の教師たちの中に、「眼に見えない世界は存在しない。神だの仏だの道徳だの良心だのという価値観は、きっぱり棄てる」という、まことに他愛ない「唯物論的進歩(?)主義」がはびこりました。あるとき私は、そういう「進歩的文化人」のひとりに対して、「価値(観)を棄てよというのもまた、価値(観)でしょうに」と言ったことを覚えています。「古い価値観とおっしゃるが、人さまに親切にというような初歩的倫理も、古いのですか。古い新しいとは全く別の、『いつもほんと』という価値はあるでしょうに」と言ったら、相手は少し困ってから「そういうのは西洋人の考え方だよ」。大変にびっくりしました。

思うに、教師でもあったその進歩人にとって、ある時期かたく信じこんでいた、そしてヒロシマののちには完全に棄てなければならないと気づかされた「価値」はたったひとつ、すなわち「天皇絶対・日本神国」。だから広い世の中には、長い人類人間史を通してもっと普遍的な、どこの国の人間にも時代を問わず通用する価値（その中の最重要なひとつが良心）と価値観がいつもあった、いまもあるという、ちょっと考えたらすぐ見当のつきそうなものごとまで、念頭から追い出してしまったのでしょう。

「良心？　良心にのっとる自由選択力？　それはDNAのどのへんにある？」「顕微鏡をいくら見ても出ていない」「人間はDNAだけ」——だれのことばとお思いですか。分子生物学の学者でノーベル科学賞を授けられた、えらい博士のことばです。完全唯物論者の彼の著作の中に右のことばを見つけ出したとき、あまりのことに仰天して、私は日記帳にメモをしました。

「ノーベル科学賞」「生物学者」という一句は、ある時期からのちの日本国において、一種の「殺し文句」となりました。「彼らこそ真理の人」。良心や自由選択力を否定し、宗教・倫理を無視して、神だの倫理だの良心だのは、不要どころか邪魔ものなのだときめこんでしまう「真理の人々」が教育界に出て来るにつれ、いま次々と起る少年少女の信じがたい非人間的・衝動的犯罪の大きな根っこの少なくもひとつがつくり出されたのではないかしら。若い母親たちが恋人と楽しみたいのに邪魔だからと、わが子をかんたんに殺したりすることの一原因も。

科学(化学)自体はすばらしい学問分野。人間の知性理性を深め、人を救う(たとえば医の)技術を進歩させる「善」です。と同時に、それを学ぶ人間のこころの態度ひとつで、いわゆる鬼子をも生み出す。原爆や生物化学兵器や毒薬など、数え切れないほどのおそろしい鬼子たちを。決して万能万善ではないということを、まずは科学者自身が知らなければならないでしょうに、前出の大学者のように知力学力に傲《おご》って良心の存在自体を斥ける人は多いのです。

聖書と呼ばれる書物を私は、人間洞察の面での最もすぐれた文化遺産のひとつと考えているのですが、さきにもちょっと触れた「種蒔き」のたとえばなしの中には、だれのこころにも蒔かれている種子が茨によって成長を阻まれてしまうの一句があります。茨とは高慢やおごりや物欲等々。学識が高慢の元になることは十二分にあるのです。

良心とは何か――正しさの基準

ここで、ちょっと飛躍したくなります。良心の声こそ尊いと言うけれど、どのような環境や条件のもとに「尊いのか」、「果たして普遍性を持つのか」という問いが持ち出されたケースは沢山あるからです。いま私が一例として考えているのは、有名なニュールンベルク軍事裁判です。これは一九四五年から四六年にかけて、つまり第二次世界大戦後ドイツの都市ニュールンベルクを舞台とし、ナチ（首領ヒットラーは自殺していた）第一級戦犯二二名を対象におこなわれた世界史上最初の国際裁判でした。

判決に至るまでの膨大な法廷議事録は読んでいませんが、判決の基準ともなった「良心の問題」についての省略文は私も読みました。被告二二名のうち一二名が死刑判決を受けた（七名は無期を含める禁固刑、三名は無罪）のですが、中のひとりが「わたしはドイツ国と国民の生のため生活向上のために、政府の決めた政策を、良心にもとづいて忠実におこなった（要旨）」と言ったとき、裁判官の間の大論議は起ったのです。そのことば「良心にしたがって」を口にした人物はユダヤ人虐殺に直接かかわった経験は持たない、しかしヒトラー政権の中枢にいた高官だったことにはまちがいない。「良心にしたがった私の良心は、いまも潔白である」。彼の言う「良心」とは何なのかの問いからはじまって、ひいては「この裁判を、戦勝国を代表して良心の光のもとにおこなおうとするわれわれは、全く潔白者と言えるのか」の問いも裁判官たちの心中に出て来てしまった。

同時に、ヒトラーの狂気のナチズムがドイツ国民の半分以上を支持者とするに至った根本原因の大きなひとつが、一九一四年から一八年までの第一次世界大戦後に戦勝国がドイツに課した「荷うことの不可能な、膨大巨大な賠償金」だったことへの反省と痛恨さえも出てしまったのです（だから第二次大戦後、戦敗国ドイツと日本に対し戦勝国は賠償をほとんど求めず、むしろ粉ミルクなどを主体とする援助をおこなった）。

結着は、ではどうやってつけられたか。「国の」とか「民族の」とか「国民の」とかの形容を全面的にとり去って、「幼い子の心中にも置かれている、最も根元的な、人間としての良心」を前面に押し出すことだけが「正しさの基準となる」。「この場合の良心の声とは、他人を（敵であろうとなかろうと、ユダヤであろうとなかろうと）悲しませてはいけない、痛めてはいけない、他人の持つもの――その中の最高のものは、その人のいのちです――を奪ってはいけない」。難しい法的用語を使いながらも、裁判官たちをともかく一致に導いたのは、一語にすれば、「他人をかわいそうな目にあわせてはいけない」という最も素朴、かつ基本中の基本事だったのです。

祖母の半熟卵を奪った私のケースとは、次元が違う？　祖母はあのとき悲しんだ？　さあ。でも、わるい子の私を見たときの父母は、たしかに悲しんだ。片や、「たかが」半熟卵ひとつの盗み。片や、六百万のいのちの盗みと、はてしない悲しみ。（さらには生き残りの人々の夢イスラエル国建設――パレスチナの土地の「盗み」――が尾を曳きつづける大問題）。次元はたしかにちがいます。しかし、ことの性質――良心の声への反逆――である点では同一線上にある。ともかくニュールンベルクでの裁判官たちは、ほぼ三七〇〇年ばかり前に石に刻みこまれたハムラビ法典内の一ヵ条に立ち戻ることで、結着をつけたのです。

「私の世界」の枠を越えて

私が眼を通した解説文は、見のがすことの出来ない短文を付加していました。「いま、わたしが彼（彼女、彼ら）の持つこれこれのものを盗ったら、相手はかわいそう。幼い子にもわかる、かわいそうという根元的な気持ちをもつことこそ良心への忠誠となり、公正ひいては和解和合へのたったひとつの道を開くものだろう」。

では。泣きじゃくる幼い私を「くらくこわいところ」に立たせて夕食を「やめさせた」

父と母は、私をかわいそうと思わなかったのでしょうか。いいえ、「このままわがままを通させたら、それこそかわいそう」と知りぬいて、愛情の一表現として罰を与えたことは、あのときの私にも何となく伝わったのです。

こわい外につれ出した父は、間もなくやって来ました。私の肩を抱いていつもの声で「もういい、道ちゃん」。それきり。それだけ。連れ戻してくれた茶の間の食卓には、卵はもうなかったけれど、母が温めたに違いない食事がのっていて、母も祖母もいつも通り。「さっきはね」とか、「前にも悪いことしそうになったわね」とか、ぐちゃぐちゃ言わなかった。言わなかったから幼なごころに私は、「もう二度とあんなことはしない。さあ、元気に前に向って進みましょう、よい子になりましょう」という気になったのです。

ひとくちに良心の声と言うけれど、その声には二つの面がある。第一は、声が次第に強くなってどうしようもないとき、つまりは自分を（意に反してでも）ふり返るとき。中心点はこの場合「自分（の中）」にある。第二は、難しくてもつらくても罰さえ受ける可能性があっても、良心の声にしたがうとき、またはその直後、人はいつも新生に向う（どんなに小さな次元でも）という事実。平たい表現を使えば「前向きになる」。この時、こころの眼に映し出されるのは、自分以外の人やものごと。ニュールンベルク裁判の解説文は「かわいそうな人たちが見えて来る」という表現を使っています。自分の行為がどれほどに他者の日々の平和をこわし、悲しませたかが見えて来る。見えて来るから、人は「外界に向って自分を開く」。

こう考えて来ると「人の持つものを奪ってはいけない。人を悲しませてはかわいそう」のおきては、ちっぽけな「私の世界」の枠を越えて「どこまでもひろがる性質」を持っていることに気づかされます。そのおきては、ひいては「いま生存上必要なものを持たない人はかわいそう」「いま、父母を持たない子はかわいそう」等々にまでひろがって、「じゃあ、どうしたらよいのか」の問いにまで行動にまで、たどりついてゆくのです。旧約聖書「出エジプト記」二〇章に記される「神の十戒」の「……してはいけない」の形容が、新約聖書の福音となったとき、「愛せ、神を愛せ、人を愛せ」という、ほとんど無限の広さに変容させられるように。愛すから、奪わない。愛すから、持つ者は持たない者と食や衣や住を分けあおうとする。学問教育も、自立のチャンスも。正しさと呼ばれるものが、そのとき個人の中に家庭の中に社会の中に、国境を越え人種・民族差を越えて生まれひろがる。ユートピア思想でしょうか。でも、それだけが——正しさだけが、和を築く唯一の土台と、私は確信するのです。

（二〇〇五年一二月号）

自宅の居間でくつろぐ犬養さん一家。
左から父・健氏、弟・康彦さん、筆者、母・仲子さん。
（1934年・婦人之友11月号より）

「時」をめぐって考える

十干も十二支も西暦も変るときがまた、やって来ました。去年と名づけられる月日は歴史の胎内に吸いとられてゆこうとしています。でも、歴史とはいったい何なのでしょう。さまざまの喜怒哀楽の事件があった（ありすぎた）去年ですが、たとえば焦点を日本国の外交ひとつにしぼって、それをいろいろな角度から扱った新聞の記事を丹念に切りぬいてファイルにおさめたら、二〇〇五年度の日本外交史が出来上がりますか。

いいえ、歴史とはそんな作業によって形成されるものではありません。歴史、歴史と、日本のみならず近隣国いくつかとりまぜて日本の歩んだつい最近の時代をめぐっても多くが言われる今日ですが、では歴史とは何かと正面切って問われたら、答えは決してやさしくはない。まずは歴史形成上、欠かすことの出来ない「時間」と呼ばれるものの考察からスタートしてみましょう。

時間の神秘

そもそも人間はいったいいつ、だれがどこで、時間の神秘に気づいたのでしょう。哲学者たちが？　いいえ、神さま(この一語の解釈も決して簡単ではないけれど、それについてはあとまわし)に、みんなで集って祈る祭をとりしきる人たちが。集るのはいつ？　新しい草や穀物や、新しく生まれた動物たちの仔があちこちにあらわれて来るときなど。ありがたい、食物が恵まれた、乳にも恵まれた、ずっと恵み続けて下さい、と祈らずにはいられなかった。河川ぞいの住人なら、おそろしい洪水から守って下さい、身を守る方法を見つけ出すことが出来るように導いて下さい、などと。

でも、みなで――これはとても大事な点です。一家一族で力をあわせなければ、食用になりそうな草ひとつとっても、見つけ出すことは古代、難しかった――祈るためには、さあみんな集ろうという合図が必要、そのために「時をきめる」方法を見つける第一歩に立ったのです。立ったとき(火の使用五〇〇万年前と並ぶ)、人間文化がスタートしたと言ってよいでしょう。

スタート地は西紀前はるか昔のいまのイラク、エジプト、少しおくれて中国の殷など。祭儀とならんで、「時をはかること」が重要だったのは商いのため。商いと言っても物々交換。水に恵まれている人(部族)が、岩塩に恵まれている人(部族)と交換するなど。しかし、交換するためには、二人(二部族)は出会わなければならないのです。まちがいなく出会うためには「若草が萌え出た後、月がまんまるくなった夜の直後の朝」というふうに、双方納得のゆくとりきめをしなければならないことに気づくと共に、「どこで(初歩的な「地理」知識)」、「どのくらいの交換量で(計算)」など、どんどん賢くなっていったけれど、同時にとても大事な三つのことにも気づかされたのです。

第一は、「時をうまく使うことや無駄にすることは出来る、しかし創造《つく》ることだけは出来ない」。第二は、「時間の中でおこなわれたこと――善いことも悪いことも、うれしいことも悲しいことも――やり直しがきかない」。第三は、「体を持つすべては、人を含めて、時の中で生まれ育ち、やがて去る」。

〝ロンドン娘〟事件――時は戻らない

私が六つだったとき、「遊ぶためではなく飾って眺めるための瀬戸物のお人形だから、さわっちゃ駄目よ」と、くれぐれも言われていたロンドンに住む伯父からのプレゼントを、「そっとさわるから大丈夫」と、飾られていたピアノの上からひっぱりおろそうとしたことがあります。驚いたことに、グレーのロングスカートに黒衿つきのまっ赤な上衣を着た「粋なロンドン娘」は、私の指をはねのけて宙に浮いたと見る間に蓋が開けっぱなしにされていたピアノの鍵盤の、あっちこっちにぶつかっては、ピン、コロン、ピンピン、ゴンと音をたてながら、ころげ落ち、床の上に粉々になった黒と赤の色彩をバラまいた。あっ！　冷たいくせに熱いものがのどもといっぱいに溢れ出て私は、ただおろおろと「こわれたロンドン娘」を「生き返らせよう」とあらゆることをやってみたのです。

ふと、すばらしい考えが沸きました。その考えのヒントは、ずっと家に住みついていた茂さんという「万能」のメイドさんがいちど、見せるつもりもなく私に見せた不思議な行為だったのです。台所のへっついのうしろにかけてある大きな時計の針を、彼女は、はたきの尻《しり》っぽで動かしていた、「何してんの？」「早すぎたから、時間を元に戻すんです」。「あれだ！　言いつけに逆らって瀬戸物をこわしてしまう以前に戻ればいいんだ！」この考えはあまりにもすばらしく、私は忙しく涙をふくと、まっすぐに父の書斎に走ってゆきました。「パパなら出来る、時を元に戻すことが」。

父は当時、「白樺派」といま歴史書の大正文化の部に記されている文人・画人たちのグループの新進作家でしたから、書斎に入って机に向っているときには、決してふすまを開けてはいけないことになっていました。うっかりいちど開けたら、とてもこわい顔で「なんだ！　あっちだ！」。でもロンドン娘の一大事件の後には、彼のこわさは全能のしるしと思われたのです。

ガラリ。乱暴にふすまをあけて、こわい声が「あっちだ！」と飛ぶのもかまわず、パッパア！　すがりついてゆきました。父はびっくりと同時に私の真剣さに気づいたらしく、文字で一杯の書きかけの紙を向うにおしやると、万年筆を指からはなして私をひざの上に抱きました。おとなに対するときのように静かにまじめに、私の支離滅裂のはなしを「それで？」とか「もういちど言ってごらん」とか、筋を出来るだけ通させながら聞いてくれた。期待たがわず、幼いことばの意味するところを完全に理解したとき、なんという答が彼の口から返って来たことでしょう！　「道ちゃん、それは出来ないんだよ。時を前に戻して、悪い子になる前の善い子に戻るなんてことは出来ないんだよ」。「だって」と私は追いすがって「茂ちゃんには出来たよ。はたきの尻尾で時計の針を戻したよ」。

父は初めて笑いました。そして「それとこれは別問題だ」ということを、私にわかる素材をさがしながらていねいに説明してくれた。それが呑みこめたとき私は、何とも表現出来ない恐怖にとらわれました。いまにして思えば、あの午後の一刻は私の人生最初の哲学的経験——むしろ宗教的体験——だったのです。人間行為の一回性と、偏在する「時」に包みこまれて「とり返しのつかない行為を、いくつもいくつもくり返しながら生きてゆく人間の偶有性」とを初めて知った貴重な午後。

小さな子に哲学なんて、と言う人もたまにはいます。いいえ、幼児こそは哲学者なのです。もしも、「これ何？　あれは何？」「なぜ？」はてしもない問いを心中に抱きつづける子をとりまくおとなたちが、うるさがらずに答えてやる、あるいは一緒に答をさがすひまさえ持っているなら（持とうと努めるなら）、現在起っているようなみじめな家庭問題その他は半減するのではないかしら。問題は「ひまのあるなし」。このごろの大方の父親や母親は、ひまと呼ばれるぜいたくから、ほど遠いところに生きている。「子とゆっくり語りあいたくても、会社から帰るとくたびれてしまって」という人たちを、私は多勢知っています。会社勤めでない自由業（こんな表現は、私が育ったころには存在しなかった）の人々だって、大正時代には流行作家などという年じゅう大忙しの奇妙な人種はいなかった上に、メールもファクスも電話もない。テレビもない。静かな時間を確保することは心がけ次第で、だれにでも出来たのです。「不便」と呼ばれる代償とひきかえに。

ともかく、予測しなかった人生最初の大問題に直面したあの日、ゆっくりと時をかけて私に話させ、聞き、答えてくれた父のいたことに、どれほど感謝してもしきれない気がします。とり返しのつかぬ行為の結果の悔いや悲しみを背負って、人は（幼い私も）生きてゆかなくてはならないという事実を「時の不思議」もろとも隠しだてせずに語ってくれた父を、八〇年近くたったいまなお懐かしく思い出すのです。

黒いカサカサ——時のめぐみ

わが家には、ちょっとした庭と畑がありました。気管支病みでしょっちゅう寝こむ私でしたから、庭いじりや畑いじりの記憶はあまり多くはないのですが、あざやかにおぼえているのは、ある日「道ちゃん、これ、よく見てごらん」と私の手の平に、母が黒っぽいちいちゃなカサカサしたものをいくつかのせたことです。私たちは茄子やキュウリを夏の間めぐんでくれる畑のふちにしゃがんでいました。「これ、なあに？」私の問いには答えず、母は私を手伝わせて土をシャベルで掘ってはふるいにかけ、ほっこりとやわらかい一ヵ所を準備して、指をさしこんでいくつもの小さな穴をつくってゆきました。つくり終ると、さっきの黒いカサカサを「この穴の中にひとつずつ入れてごらん」。入れ終ると土をていねいにかぶせて、如雨露《じょうろ》で水を「やさしく、ちょっぴりかけるのよ。あしたもあさってもよ」

黒い小さなカサカサが、種という名前を持っていること、やわらかくやさしい土に抱っこされながら少しずつ「水を吸うこと」。「吸いながら」と母は言いました。「こういうふうに」、その辺にいっぱい生えているうすみどりの雑草を指さして「なってゆくのよ」。「えっ！　黒くなくなるの？　いつ？」つくづく考えました。黒いカサカサがみどりの草に変るときには、必ず音をたてるにちがいない。私は落ちつかなくなり、翌日からは朝に昼に夕べに、種を蒔いたところに行って横たわり、耳をぴったり土につけて、大地の奥での一大変化《へんげ》の音を聞こうとしたのです。何も聞こえて来ないのにがっかりくたびれて、二日くらいでやめてしまい、年相応の遊びに戻ったのちのある日、「道ちゃん、早く来てごらん」の声に走って行ったら。ああ、なんということか、黒いカサカサは私に知らせもせずに、いつの間にかあっちにもこっちにも、うすみどりの小さな芽に変った姿をあらわしていました。

黒いカサカサはどこに行ってしまったのか。「ねえ、ねえ」としつこく聞く私にことばで答えるかわりに、母はうすみどりの芽のひとつを注意深く掘り出して見せました。ガラス容器使用での水栽培でならかんたんに見ることの出来る、「時」あればこそ可能の、いのちあるものの変容成長を、驚きと共に「つくづくと見た」のがあの日。母はつけ加えて「道ちゃんだって背も伸びているのよ。足も大きくなっているのよ。去年の下駄じゃあ、もう小さいのよ」。

いのちあるものでなくても、「時」あればこそ変化し展開することを、母は意識的に教えようとしていたのか、ピアノの前に坐って音階をゆっくり弾いて「いま、ドレミ。次はファよ」と聞かせたり。台所の鍋の中で野菜がゆっくりやわらかくなってゆくのを見せたり。ロンドン娘をこわしたのちの仔細を父から聞かされて、取り戻すことの出来ない「時」のおそろしさにおののいた私に、「時」の恵みをも感じとらせたく思っていたのでしょうか。

子どもの「なぜ」を受けとめる一年に

でも。いくら「哲学的」体験をロンドン娘のドラマの際に味わったからと言っても、子どもは子どもです。土の奥での種子の変容にいくら驚いたと言っても、やがて忘れてゆきました。ところが——驚いたことに、私が少女から娘になりかかるころ、あの二つの出来ごとは鮮明な一連の絵となったり、まだ若かった頃の父や母の顔や声となったりしながら、よみがえりはじめたのです。幼いときには二つは互いに関わりのない別々のものごとだったのに、よみがえるにつれ、銀貨の裏表のようにつながりあって来ました。と言うよりむしろ、「時」と「存在（「私がここにいる」「物体がここにある」等）」を切りはなして考えること自体、まちがっていると気づかされたのです。

すべての体《たい》は、生命なきものもあるものも動く、天体が軌道の上を動くように。変化する、種子が芽となるように。そしていつか消滅する。ロンドン娘のように。つまりは偶有。動き・変化イコール「時」。じゃあ、偶有でない、いつも変化しない存在というのはあるのだろうか。そもそも「偶有」と「時」とは永劫に在ったのか、あるときあらわれ出たのか。現代科学は宇宙として一五〇億年前、地球としては四五億年前あらわれたと言っています。どうやって？　答をひとつ見つけたと思うそばから、新しい問いはいくつもいくつもあらわれて、私を苦しめました。でも、苦しんだことはほんとによかった、その苦しみあってこそ私のその後の生涯を（八〇余年の生涯を）つらぬく「思想」と呼ばれるものが、信仰と呼ばれるものが、おもむろにあらわれ出たからです。

　こんなことどもを麗々しく書く気になったのは、読者に対して、ひとつのお願いがあるからです。忙しくても疲れていても、幼い者たちの辻つまのあわない「なぜ?」の問いを、こころして受けとめ続ける一年になさって下さい、と。このごろは子どもが抱く疑問や「哲学的」考察を、グループで「楽しく」話しあって「みんなで」解答を見つけてゆくやり方が、教育の主流になっているようです。悪いと言うつもりはないけれど、一対一の問答というものも大切、いや、この方が大切と確信するから。同じ年ごろの子どもが集って、ああでもない、こうでもないと語りあううちに、ひとりの子が提出した問題、たとえば幼い私の抱いた大問題「時を戻して」の深刻さは少しずつ稀薄化されてゆき、こころの底に一生かけて考え答をみつけてゆくはずの課題として残されるかわりに、「みんなで考えあう」楽しさの方が正面切って出て来てしまう。おとなたちが組織したグループの中で「楽しさを与える」というのが現代のア・ラ・モードらしいけれど、私は反対です。

　人生には、解ることの出来ない、つらく悲しい話がたくさんある、それぞれが荷《にな》って生きてゆかなくてはならない十字架がある、「にも拘《かかわ》らず」、時の経過の恵みの中でいのちを育ててゆくよろこびもある。「楽しみ《エンジョイ》」と「よろこび《ジョイ》」は違うのです。ジョイを生み出す元のひとつは、「ねえ、どうしてよ」の問いへの真剣な問答。
悲哀、痛恨をも含める問答。一対一でのそんな問答をかわすことはめんどくさいけれど、真剣に問いを受けとめたい気持のあることを子どもに伝えるだけでもよいのです。だって、私の「ロンドン娘」と「黒いカサカサの変容」の体験のように、子どもの一生をつらぬく思想・思考の出発点が、「おとなにとっては全くつまらない」ちっぽけな問いの中に秘められていることは、一〇のうち八つも九つもあるはずですから。そして、思想こそは人を人とするものなのですから。

（二〇〇六年一月号）

終わりに

「本の出版が決まるとき、どんな気持ち？　さぞや、うれしいでしょうね」と時折、友人たちは言います。もちろん、うれしい。とりわけ、編集部から「こんなにたくさんの読者から、一冊にまとめてほしいという要望が来ています」の一文とぎっしりコピーされた反響が、手元に届けられた後の出版決定の感動は、「物書き冥利」に尽きます。とはいえ、「ああ、もっとよい文章が出来たはずだ」とか、「紙数におさまらないテーマを選んでしまった、舌足らずだった」とかの悔いは必ず残るのです。

物を書く道を歩みはじめて五〇余年、いつだってそうでした。特に、信じがたい支配欲やカネ至上主義や、自分とは反対の立場の人々への憎悪、排斥心を原因として、地球上至るところに生み出され続けている難民・窮民・飢餓民の青少年少女の「声となってペンをとりたい」との切願から、それまでとは違うテーマに取り組むようになった過去二六年の間、「もっと深く突っ込むべきだった」の悔いはふくれあがるばかりでした。

同時に、各国各地の惨地・戦地で見続けたものごとをいかに書こうとて、いま現在（どれほどの悲劇や問題多々を抱えようとも）一応は「富みすぎている」日本国の、女性たちの日々の生き方が直接に左右されるわけではありません。環境悪化や飢餓や、一日一家五人二ドル以下で暮らす極貧がつくり出す、少年少女売買などとは全く違う次元。まずは「安泰の日々」を当然のことと考え、「楽しく生活しようとしている」一種の現状維持的安堵感の奥底に、実は地球規模での諸悪やドラマの根っこと似たりよったりの、何かしら影濃いもの——聖書が原罪と名づける、人間共同《コモン》・共有《コモン》の傷が潜んでいる事実を、日常の何気ない出来事やこころの動きを体験的に描き出すことで伝えたい、と思うようになってゆきました。

そんな気持ちがつよく湧き上がった頃、なんというご縁か、幼い時から身近に感じ、また羽仁もと子さんを尊敬していた父母の思い出のまつわる婦人之友、その読者の会の全国友の会との友情が深まって、エッセイの連載決定。「自由に書いて下さい。いつでも、いつまでも」との言葉に励まされて書きはじめてみたら、こころの底から「楽しんで書ける」場があったことに気づかされたのです。どんな深刻なテーマをめぐる原稿であっても、筆者自身が楽しんで書かなかったら、読者に楽しんでいただくことは出来っこない。そして、筆者自身が楽しめるのは、書く雑誌の質と編集部の態度によることを改めて感じさせられて、うれしくなりました。

連載開始まもなく、「手術大好き」にふさわしい丸一年がかり三回の大手術。各病院行きとリハビリ継続の生活がスタートしましたが、肉体的にはかなり痛かった日々の間にも、婦人之友への原稿だけはベッドの上で、リハビリ体操教室の中で、考えたりメモをしたり。幸いに「貯金原稿」もいくつか出来あがって、一回の休載もなく、いま出版の運びとなったのが、この『こころの座標軸』です。

一冊の本というものは、筆者と編集部、印刷所員と出版係の共同作業《コモン》です。でも。

本とはとどのつまり、読んで下さる方たちあって初めて生きるもの、なのです。

読者なしには、本はただの紙の集合体で終わってしまう。

「連載が終わったら本にして下さい」という読者の声がいくつもいくつもあったと伝えら

れるたびに、私は新しい生気が自分の中に湧き上がるのを感じました。同時に、編集、出版、印刷、読者すべてをひとつ《コモン》にまとめる大きな、生き生きとした共同体《コミュニティ》の中に自分がひきこまれてゆくよろこびを、手術台の上でさえも味わったのです。

ですから。

出版に当たっての「筆者のあとがき」は、実は、たったの一行で足りるのです。

「ありがとう！」

二〇〇六年 イースターを前に　　犬養道子

＊文中に引用した「聖書」の訳文、用語、名称などは、断りのない限り筆者によるものです。

いぬかいみちこ
1921年東京生まれ。欧米の大学で哲学・聖書学などを学び、ヨーロッパ各国に滞在。砂漠化した土地への植樹「みどり一本」運動や、難民の自立を促す「犬養道子基金」の創設など、アジア・アフリカ・ヨーロッパの難民支援のために精力的に活動する。著書『犬養道子自選集』(全7巻)『人間の大地』『聖書を旅する』(全10巻)など多数。2017年7月24日に帰天。

カットは筆者画

＊これらの随想は、2004年から2006年1月号にかけて
婦人之友誌上に掲載された原稿に加筆したものです。

こころの座標軸

2006年 4 月 3 日　第 1 刷発行
2021年12月15日　第 9 刷発行

著者　犬養道子
発行所　婦人之友社
〒171-8510　東京都豊島区西池袋 2-20-16
電話　03-3971-0101
振替　00130-5-11600
印刷　大日本印刷株式会社
製本　大口製本印刷株式会社

ISBN978-4-8292-0501-3

羽仁もと子著作集〈全21巻〉

1 人間篇
4・3・2 思想しつつ生活しつつ 上・中・下
7・6・5 悩める友のために 上・中・下
8 夫婦論
9 家事家計篇
11・10 家庭教育篇 上・下
12 子供読本
13 若き姉妹に寄す
14 半生を語る
15 信仰篇 ★聖書文語体 新共同訳
16 みどりごの心
17 家信
18 教育三十年
19 友への手紙
20 自由・協力・愛
21 真理のかがやき

〈羽仁もと子選集〉

おさなごを発見せよ
最も自然な生活
人生の朝の中《うち》に
われら友あり
生活即教育

羽仁もと子（1873年生まれ）は、日本初の女性記者となり、夫・吉一と『婦人之友』を創刊（1903年）。その後、キリスト教の信仰にもとづく自労自治の学校、自由学園（1921年）を、生活の合理化をめざす読者の集まり、全国友の会（1930年）を創立。クリスチャン、教育者、ジャーナリストとして広く世に問いかけ、語りかけてきた真実な言葉は、今も生き生きと響く。

2021年12月現在